KB078444

Return
Avenger

귀환해서
복수한다

귀환해서 복수한다 3

홍성은 장편소설

초판 1쇄 찍은 날 § 2016년 7월 22일
초판 1쇄 펴낸 날 § 2016년 7월 29일

지은이 § 홍성은
펴낸이 § 서경석

편집책임 § 이지연

펴낸곳 § 도서출판 청어람
등록번호 § 제387-1999-000006호
등록일자 § 1999. 5. 31
어람번호 § 제1-2490호

주소 § 경기도 부천시 원미구 부일로 483번길 40 서경B/D 3F (우) 14640
전화 § 032-656-4452   팩스 § 032-656-4453
http://www.chungeoram.com
E-mail § chungeorambook@daum.net

ISBN 979-11-04-90904-7 04810
ISBN 979-11-04-90861-3 (세트)

홍성은 장편소설

FUSION FANTASTIC STORY

Return Avenger

귀환해서 복수한다

3

도서출판 청어람

CONTENTS

Return
Avenger

귀환해서
복수한다

17장

공격(2)

"야, 여자애 하나 납치해 와라."

그의 상사로부터 그런 말을 들었을 때, 그는 자신의 귀를 의심했다.

"납치 말입니까?"

"그래. 가능한 한 다치지 않게 잘 데려와야 된다. 아, 걔도 어벤저라니까 조심하고."

"…미등록 어벤저입니까?"

미등록 어벤저. 일부러 어벤저 면허 시험을 보지 않고 일반인 사이에 섞여서 어벤저 스킬로 범죄를 저지르는 부류이다.

물론 모든 미등록 어벤저가 그렇지는 않겠지만 사람들 입에
미등록 어벤저라는 여섯 글자가 오르내릴 때는 보통 이런 경
우다.

그러나 그의 상사는 웃는 얼굴로 고개를 저었다.

"아니, 그냥 걔가 보스 마음에 들었대. 높으신 분이 될지도
모르니까 예쁘게 모셔오라고."

애첩. 그 단어가 머리를 스쳤다.

그러니까 그가 지금부터 해야 하는 일은 어쩌다 예쁘장하
게 태어난 죄를 지은 여자애를 납치해서 보스에게 데려가는
일이었다. 그리고 보스는 걔를 오로지 노리개로 쓰기 위해서
이런 명령을 내리는 거고.

'아니, 그냥 내 상상일 뿐이야.'

그는 고개를 저었지만 찜찜한 상상은 머리에서 영 지워지
지 않았다.

'그런 일은 할 수 없습니다,라고 말할 수 있었다면 얼마나
좋을까.'

그러나 그는 자신의 명패를 쉽게 집어던질 수 없었다. 흔한
길드 소속이 아닌, 대기업의, 그것도 WF 소속의 어벤저. 일류
중의 일류.

잘못하면 백수, 심하면 범죄자 취급마저 받는 길드 소속 어
벤저 신세와 차원이 다르다.

'하.'

지금 조상평은 차 안에 앉아 있다. 그리고 차 안에는 다섯 명의 어벤저가 앉아 있다.

이 네 명은 자신의 선배, 즉, 그는 여기서 막내였다. 대놓고 한숨을 내쉬거나 미간을 찌푸릴 수도 없었다.

"막내야, 그 여자 오냐?"

뒷자리에 다리를 쫙 펴고 앉은 최고참 선배가 갑작스럽게 질문을 던졌다. 다른 둘은 그 탓에 좁은 자리에 불편하게 앉아 있었다. 그나마 그는 운전을 맡은지라 운전석에 편하게 앉아 있을 수 있었다.

'이걸 다행이라고 여겨야 되나.'

입가에 배어 나오는 쓴웃음을 억지로 삼키며 그는 질문에 대답했다.

"아뇨, 선배님. 아직 안 보입니다."

"언제 온대냐?"

'아니, 씨발. 그걸 왜 나한테 물어?'

조상평은 속으로는 욕하면서도 겉으로는 싹싹하게 대꾸했다.

"김현직 실장한테 전화해 볼까요?"

"됐다. 으휴, 어쩌다가 이런 임무를……."

최고참 선배도 이 일에 대해서는 그다지 탐탁하게 여기지 않는 모양이었다.

"그러니까요, 선배."

조수석에 앉은 다른 선배도 한 마디 거들었다.

"원래 도련님 죽인 놈을 찾는 게 저희의 임무 아니었습니까? 그런데 왜……."

"자기 아들보단 자기 좆이 더 중요한가 보지, 우리 보스는."

최고참의 말에 차 안에는 와자하게 웃음이 터졌다.

"소리 내서 웃지 마, 멍청이들아. 우리 지금 잠복 중인 거 잊었어?"

최고참이 웃는 얼굴로 말했다.

"죄송합니다, 형님."

"아, 형님이라고 부르지 말고. 우리가 조폭이냐? 우리, 대기업 어벤저여."

"알겠습니다, 선배."

조수석의 선배와 최고참 선배는 같은 길드 출신이었던 모양이었다. 그 길드란 게 말만 길드지, 사실상 조폭과 다름없었을 거란 건 두 사람의 태도나 행실에서 쉬이 예상할 수 있었다.

'내가 너무 이상주의자인 거려나.'

조상평은 자조적으로 생각했다.

길드 시절부터 그랬다. 어벤저란 조폭과 다를 바가 없다는 말이 아무렇지도 않게 나도는 현실에 분개했다.

그때는 여기가 밑바닥이라 그런 것이라고 자위했지만, 지금 그는 어벤저계의 첨단에 서 있었다. 모두가 동경하는 직업, 대기업 어벤저. 그것도 그 대기업이 보통 대기업이 아니라 업계 1위, 세계 최고를 자랑하는 WF였다.

하지만 하는 일은 길드 시절과 그리 다르지 않았다.

아니, 어떤 면에선 더 더러울지도 모른다. 적어도 길드 시절에는 배는 고파도 자기가 할 일을 고를 수는 있었으니까. 당시의 그라면 여자애를 잡아다가 높으신 분께 바치는 의뢰는 깨끗하게 거절했을 터였다.

'으.'

멈추지 않는 자기혐오와 자괴감의 연쇄에서 벗어나기 위해 그는 창밖으로 눈을 돌렸다.

그리고 그는 그녀를 보았다.

이지희.

그녀는 굉장한 미녀였다. 사진사의 실력을 의심할 정도로. 그가 받아든 사진에는 실제 그녀의 매력이 반도 채 담겨 있지 않았다.

'아이돌로 데뷔했다면 팬이 되었겠는데?'

조상평은 그런 생각을 하면서도 입으로는 다른 소릴 했다.

"선배, 왔습니다."

지금 와서 길드 시절로 돌아갈 생각은 없었다. 그러니 지금은 해야 할 일을 해야 했다.

더러운 일이든, 뭐든 시키는 건 뭐든지. 두툼한 지갑과 으스댈 수 있는 명패를 위해서라면 자본가의 개가 되든, 뭐든 되어 보이리라.

그는 이미 마음먹었다.

*　　　　*　　　　*

이지희의 집으로 가는 골목. 잠복이랍시고 차원력을 풀풀 풍기며 차 안에 숨어 있는 어벤저들의 모습이 보였다. 물론 눈에 보인 것은 차창에 썬 코팅을 진하게 한 차 한 대뿐이었지만 그의 눈에는 그 속이 다 보였다.

'어제는 허탕이었는데 오늘은 있군.'

이걸 다행으로 여겨야 하나, 아니면 귀찮다고 여겨야 하나.

이지희의 모습을 한 그는 픽 웃었다. 시선을 좀 더 날카롭게 다듬어 주시한 그의 눈은 차 안의 어벤저 숫자와 랭크까지 순식간에 간파했다.

'다섯 명이로군. 저 정도면 B급인가.'

이지희의 모습을 한 그는 혀를 찼다. 생각했던 것보다 비싼 몸들이 와주시니 몸 둘 바를 몰라서 그런 건 아니었다.

이지희도 B급이다. 그렇다는 건 이지희인 채로 대놓고 다섯 명을 다 작살낼 수는 없다는 소리였다. 다른 방법을 강구할 필요가 있었다.

일단 그는 적당히 거리를 좁혔다. 그러자 차 안에서도 기척이 느껴졌다. 이지희의 존재를 확인했다는 증거였다. 약간 더 가까이 갔다. 차원 균열에서 어보미네이션을 끌어내는 느낌으로.

아니나 다를까, 차의 문이 열리고 선글라스를 낀 남자들이 차에서 내렸다.

그 모습을 확인하자마자 그는 달리기 시작했다. 하이힐 탓에 또각, 또각, 또각거리는 소리가 약간 거슬렸지만 그거야 뭐, 어쩔 수 없는 일이다.

'좋아, 따라오는군.'

당황해서 그를 쫓는 다섯 명의 어벤저를 곁눈질로 확인한 그는 사전에 계획한 장소로 그들을 이끌고 갔다. 사전에 계획했다고는 해도 불과 몇 분 전에 머릿속으로 계획한 것에 불과하지만 그 장소가 계획을 실행하기에 좋은 장소인 건 이미 확인했었다.

다름이 아니라 이지희 본인이 오만구를 비롯한 다섯 명의 어벤저를 혼자서 물리친 바로 그 공터였으므로.

다섯 명 모두가 공터로 따라 들어오자 그의 능력이 발동했다.

그의 새끼손가락에 낀 반지는 진홍왕의 유물이라는 아티팩트다. 그 능력은 일정 범위 안에서 효과가 지속되는 시간 동안 일어난 일을 반지를 낀 자를 제외하고 아무도 기억하지 못하게 하는 것. 그리고 이 공터가 바로 그 범위였다.

또한 그의 오른팔을 장식한 팔찌 중 가장 아래에 낀 것은 인룡의 팔찌라는 아티팩트다. 그 능력은 일정 범위를 다른 공간으로부터 분리하는 것.

이로써 이 공터에는 사람이 드나들 수 없으며, 통신도 두절되었고, 이 안에서 일어나는 일을 바깥에서 목격하는 것도 불가능하다.

이 완전범죄 공간을 만드는 데 그는 상당한 차원력을 투자해야 했다. 하기야, 제자를 위한 투자다. 아까워할 것은 없었다.

"호오."

공터에 들어오자 갑자기 주변을 두리번거리기 시작하는 다섯 어벤저를 바라보며 그는 웃었다.

"B급 정도 되니까 '뭔가 이상하다' 정도는 느낄 수 있는 모양이로군. 하지만 뭐가 이상한지 아직 모르는 눈치야."

이지희의 목소리로 말하자 다섯 어벤저는 명백히 당황했다.

"뭐야, 너 뭐 하는 년이야?"

"이지희입니다, 선배."

"나도 알아, 이 새끼야! 그 이야기가 아니잖아!"

자기들끼리 싸우기 시작한 그들을 보며 그는 코웃음 쳤다.

"시간 아깝다. 한꺼번에 덤벼."

그런 광오한 발언에 그들의 반응이 당황에서 분노로 바뀌었다.

"뭐? 이 잡년이……. 우리가 WF 소속 어벤저인 건 알고 개기는 거냐?!"

"선배, 그런 거 말하면 안 돼요."

"넌 좀 닥쳐!!"

자기들끼리 싸우는 거야 상관없지만 지나칠 수 없는 단어 하나가 들렸다.

"WF?"

이지희는 아름다운 미간을 꾸깃거렸다. 김현직이라면 그게 그녀가 가장 화가 났을 때 보이는 표정인 걸 간파했겠지만 아쉽게도 이 자리에 김현직은 없었다. 그래서 그들은 그 표정을 보고 이지희가 쫄았다고 생각하고 말았다.

"그래, 지금 와서 빌어봐야 늦었어."

그러나 그 뒤에 이어진 이지희의 반응은 그들에겐 의외의 것이었으리라.

"아하하하, 하……. 제자를 위해 힘 좀 써보려고 할 셈이었는데 이게 이렇게 되는군. 이것마저 나를 위한 일이 될 줄이야."

더 이상 참을 수 없어진 그가 웃음을 터뜨렸다.

"이렇게 된 이상 이제 덤벼라라고 하지 않겠다. 자아, 받아라."

공격이 시작되었다.

       *   *   *

차원이 다르다.

조상평의 감상은 그 한 문장으로 축약할 수 있었다.

"미안하군. 자네들은 그저 고용되어 명령을 받고 하는 일일 텐데, 나의 복수심을 위한 제물이 되려니 얼마나 억울하겠는가? 하지만 내 분노는 식을 줄 모르고 타오를 뿐이고, 자네들에게 자비를 베풀어야 한다는 이성은 생기질 않는군. 자아, 저항하게. 안 그러면 죽게 될 테니."

그게 무슨 개소리냐는 말은 할 수 없었다. 감히, 어떻게 저 존재에게 그런 말을 뱉을 수 있겠는가.

이지희? 저건 이지희가 아니다. 저런 존재가 어떻게 이지희일 수 있겠는가. 저 존재를 직접 마주한다면 누구도 감히 이름을 부를 수는 없으리라. 조상평에게 저 존재의 이름을 붙이라고 한다면 그는 이렇게 대답할 것이다.

분노한 마신.

눈에 보이지 않는 힘에 의해 벽에 처박힌 채 조상평은 자기도 모르게 흐르는 눈물을 주체할 수가 없었다. 오줌은 지린지 이미 몇 분이 지났다. 오로지 살려 달라고 비는 수밖에 없었다.

살려주세요, 살려주세요, 살려주세요, 살려주세요…….

"자네는 삶에 대한 미련이 큰 것 같군."

그 목소리가 마신에게 들렸는지 마신이 그를 향해 다가와 물었다. 조상평은 다시 한 번 뜨거운 소변이 사타구니를 타고 흐르는 것조차 느끼지 못했다. 그저 압도적인 공포 앞에 살려 달라는 말조차 잊고 입을 헤, 하고 벌릴 뿐이었다.

"그렇다면 살려주지. 다만 조건이 있네. 세상에 대가 없는 공짜는 없는 법이지."

"무엇이든 말씀하십시오, 무엇이든……."

"자네들 보스가 누군가?"

"진가충입니다."

조직에 대한 충성? 배신에 대한 죄악감?

그딴 건 없었다. 있는 거라곤 그저 삶에 대한 강한 열망. 덤으로 절대자에 대한 외경뿐이었다. 조상평에게 눈앞의 존재는 이미 신앙의 대상이었다. 그는 이미 눈앞의 존재가 말하는 대로 따를 준비가 되어 있었다.

"진가충?"

"진가규 회장의 차남이자 WFF의 부사장입니다. 저희에게 당신, 아니, 아가씨, 아니, 귀하를 모셔오라고 시켰습니다. 목적은… 목적은 저 같은 아랫놈에게 말하지는 않았습니다만 소문은 파다합니다. 노리개로 쓸 거라고… 감히, 말입니다."

그렇기에 그의 입에서는 눈앞의 존재가 묻지 않은 것조차 술술 흘러나왔다. 무엇을 감추겠는가! 이미 그의 마음은 활짝 열려 있었다.

"자네가 대가를 지불했으니 나는 약속대로 자네에게 생명을 선물하지."

온몸을 짓누르던 정체불명의 힘에서 해방되어 그는 자유를 되찾았다. 그 자유를 가지고 할 수 있는 것이 무엇일까? 그는 할 수 있는 것 대신, 해야 할 것을 떠올렸다.

그는 무릎을 꿇고, 허리를 굽히고, 머리를 땅에 박아 눈앞의 존재에게 복종과 경외를 바쳤다.

누구도 그를 비난할 수는 없었다. 그를 바라보는 선배들의 시선 또한 그를 비난하는 것처럼 느껴지지 않았다. 오히려 선배들의 부러움이 섞인 시선을 받으며 그는 마치 종교적 고위직에 오른 것 같은 착각을 느꼈다.

"살려주십시오! 살려주십시오!"

조상평이 풀려나는 것을 본 다른 이들도 일제히 울부짖기 시작했다. 기이한 열기가 자리를 지배했다. 그것은 마치 종교적 제의를 방불케 했다.

저들은 평신도, 나는 제사장이다!

선배들이 울부짖는 광경을 본 조상평의 마음에는 기묘한 우월감이 부풀어 오르고 있었다.

        *   *   *

조상평은 눈을 떴다.

온몸이 아팠다. 그리고 양 뺨과 사타구니가 축축했다. 무슨 일이 있었던 건지 기억이 나질 않았다. 분명히 이지희를 발견했고, 이지희도 그들을 발견했고, 이지희가 도망갔고, 그들은 쫓아갔고……

이 공터에 도착했다.

눈앞에는 이지희가 있었다.

'잡아야지.'

그것이 그의 일이었다. 이지희를 납치해서 그의 보스에게 데려가는 것. 그런 명령을 받았다.

자신이 무릎을 꿇고 있었다는 사실을 그는 뒤늦게 깨달았다. 그리고 자신이 무릎을 꿇은 대상이 이지희였다는 것도……. 그리고 이지희 앞에서 고개를 들 수 없었던 것도.

다른 선배들도 마찬가지였다. 이지희 앞에서 무릎을 꿇고 엎드린 채 일어날 줄을 몰랐다.

'뭐지? 이게 저 여자의 어벤저 스킬인가?'

그렇다고 하기엔 아무것도 느껴지는 게 없었다. 어벤저 스킬을 사용하거나 받을 때 느껴지는 기이한 압박감 같은 게 전혀 느껴지지 않았다.

대신 그가 느낀 것은 이지희에 대한 절대적인 복종심이었다.

'뭐?'

복종심이라니! 그런 건 WF의 회장에게도 느껴본 적이 없었다.

평생 종교라는 걸 가져보지 않은 그는 신에 대한 경외가 뭔지 몰랐다. 그렇기에 그는 자신이 이지희에게 경외를 느끼고 있음을 깨닫지 못했다.

"됐네."

이지희의 목소리가 들렸다.

"이제 돌아들 가게. 그리고 다시는 날 찾지 말게."

그 말에 조상평은 절망감을 느꼈다.

'다시는 찾지 말라니, 어찌 그리 말씀하십니까!'

그런 말이 턱밑까지 차올랐다. 그러나 감히 그 명령을 거역할 수 없다고 생각했다.

비논리적이었고, 비이성적이었지만 그는 이미 그렇게 생각하고 말았다.

"내 이름을 입에 올리지 말고, 내 존재도 잊게. 모든 것은 끝났네. 자아, 이제 가게!"

"알겠습니다."

대답이 겹쳐졌다. 선배들 또한 같은 대답을 했음을 조상평은 나중에 깨달았다.

그들은 뒤로 기어서 공터에서 나왔다. 자신들에게 무슨 일이 일어났는지조차 깨닫지 못한 채, 그들은 이지희의 모습이 완전히 보이지 않을 때까지 감히 고개를 들 생각을 하지 못했다.

*   *   *

저들이 이지희에게 저토록 종교적 열정과 비견할 만한 일방적이고도 무조건적인 복종심을 보이는 이유는 김인수가 저들에게 어떤 아티팩트나 어벤저 스킬을 사용했기 때문이 아니었다.

어벤저 스킬을 앞에 두고도 무신론자일 수 있는 이는 극히 드물다. 어벤저 스킬에 각성한 인간은 그간 인식해 왔던 세계가 완전히 다르게 보이는 경험을 하게 된다.

어벤저 스킬은 알기 쉬운 이능력이다. 처음으로 어벤저 스킬을 사용했을 때, 즉 물리 법칙을 초월한 말도 안 되는 일을 자신의 뜻대로 일으켰을 때, 사람들은 신의 존재를 의식한다.

물론 신만 떠올리는 건 아니다. 악마, 영혼, 귀신 등. 그러나 그건 초월적인 존재를 어떤 방식으로 받아들이냐에 따라 다를 뿐, 그 본질은 같다.

그리고 그 떠올리는 방식 또한 사람마다 차이가 난다.

내가 신이 되었다고 순간적으로 생각한 이는 다른 어벤저의 존재를 떠올리고 곧 그 생각을 접는다. 신이 내게 이 힘을 주었다고 생각한 이는 언젠가는 능력을 악용하는 어벤저를 만나고 그 생각을 접는다. 아니면 그 신이 미쳤다고 생각하거나, 역시 신은 없다고 생각하게 된다.

사람마다 떠올리는 방식은 다양하지만 그 생각의 귀결은 비슷하다.

잊는다.

사람은 자주 보는 것에 익숙해지게 마련이다. 어벤저 스킬마저도 자신의 세계관에 포함시킨 어벤저들은 평상시의 세계를 되찾는다. 신에 대해 잊고, 악마에 대해 잊고, 모든 것에 무덤덤해진다. 어중간하게 강력한 능력을 보더라도 저것도 어벤저 스킬이려니 하고 넘어가게 된다.

B급 어벤저.

어느 정도 능력에도 익숙해졌고 길드에서부터 뒹굴어 경험도 쌓은 이들. 자신이 가지지 못한 어벤저 스킬에 대해서도 지식으로나마 알고 있게 되는 수준에 도달한 이들. 자신이 특별한 존재는 아니지만 적어도 어느 정도 어벤저의 세계를 알아먹었다고 생각하는 이들.

오늘 이지희 앞을 가로막은 B급 어벤저는 그런 이들이었다.

신의 존재를 잊어버린 이들. 젓가락질을 어떻게 하는 건지 생각할 필요가 없어진 이들. 어벤저 스킬마저도 당연히 존재하고, 당연히 할 수 있는 것으로 인식해 버린 이들.

그러나 그런 이들이 완전히 상식 외의 차원이 다른 능력을 목도한 때. 즉, 처음 어벤저 스킬을 사용했을 때의 그 충격을 다시 떠올리게 만드는 경험을 맛봤을 때 그들은 잊고 있었던 신의 존재 또한 다시 떠올리게 된다.

어벤저로서의 세계관을 확고히 구축한 그들은 오늘, 그가 김인수로서의 힘을 사용하는 것을 보고 그 세계관이 다시 깨져 나가는 경험을 하게 되었다.

상대가 B급 어벤저이기에 일어난 일이었다. 잘 모르는 D급 어벤저라면 김인수가 B급 어벤저와 비슷하게 보였을 수도 있다. 너무 모르기에 이해조차 하지 못하는 것이다.

하지만 어느 정도 어벤저 스킬의 매커니즘을 이해한 B급 어벤저에게는 김인수가 일으킨 이적이 신의 손길처럼 보였다. 그야말로 상식적으로 말이 안 되는 짓을 해버리는 김인수를 보고 그들은 그를 신으로 인식했다.

물론 그들에게 오늘 경험한 일들에 대한 기억은 없다. 진흥왕의 유물이 발휘한 힘에 의해 그들은 공터에서 경험한 모든 일들에 대해 깡그리 잊어버렸다.

그러나 감정은, 그리고 신앙심은 지식이나 기억, 경험에 기반을 두지 않는다.

자신이 신을 믿게 된 계기를 잊어버린 종교인이 그럼에도 불과하고 자신의 신앙을 배신하지 못하고 무작정 신을 믿듯. 장성해 이미 자신이 늙은 주인보다 더 강해졌음에도 불구하고 어렸을 때와 똑같이 주인에게 순순히 배를 내보이는 사냥개처럼.

기억을 잃은 그들도 무작정 눈앞의 이지희를 신앙하게 되었다. 그렇기에 몰이성적인 복종심을 이지희에게 보인 것이다.

"후."

물론 김인수는 이 현상을 노리고 유물의 힘을 일으키기는 했다. 가장 강렬한 반응을 보인 조상평이라는 남자를 굳이 골라서 가장 먼저 생존을 보장시키고, 반대로 다른 이들에게는 죽을지도 모른다는 위협을 가함으로써 심리에 불을 지르기도 했다.

사실 그다지 선량하다고 할 수는 없는 행위지만 특별히 죄악감은 느끼지 못했다. 상대는 WF 소속인데다, 여자를 납치하려고 했다. 상사의 명령에 따랐을 뿐이라는 게 면죄부가 되지는 않는다. 오히려 그들의 팔다리를 잘라놓지 않았다는 점에서 김인수 입장에서는 선처했다고 말해도 별로 무리는 아니었다.

그리고 그 덕에 그들에게서 WF에 대한 정보를 듬뿍 얻어낼 수 있었다. 일이 잘 안 풀리면 고문까지 할 생각이었던 걸 감안하면 이번 일은 양쪽 모두에게 이득이라고 할 수 있었다.

상대는 B급에 말단 실무자여서 핵심 정보까지 캐낼 수는 없었다. 그러나 그들이 신앙심에 기반해서 열정적으로 떠들어 댄 그 정보들은 가짜일 수는 있어도 거짓은 아닐 터였다.

"진가충, WFF의 보스이자 진가규의 차남……. 이지희를 노리는 게 그놈이었다니."

그리고 이번에 얻은 핵심 정보는·이것이었다.

진씨 일가의 차남이라. 돈과 권력은 충분할 터. 이번에는 B급 어벤저를 보냈지만 다음에는 A급 어벤저를 보내고도 남을 놈이다. A급을 막고 나면 그 다음에 S급 어벤저가 올 수도 있었다.

그걸 그냥 가만히 기다리는 것도 나름 흥이 나는 일이겠지만 김인수의 성미에는 맞지 않았다.

"근본을 쳐야겠어."

그의 입가에 히죽, 미소가 걸렸다.

*　　　　*　　　　*

"최재철은 당연히 안 되고 김인수의 모습도 좀 애매하지."

이제부터 그가 할 행위는 사실 지구를 위한 행동이다. 그럼에도 불구하고 최재철의 모습으로 하기엔 조금 애매했다.

"박기범……. 박기범도 좀 아닌 것 같고."

조상평의 정보로 WF가 박기범을 더 이상 쫓지 않는다는 것은 알게 되었다. 그건 좀 의외였다. 진가규는 자신의 손자를 상당히 아끼는 편이라고 생각했는데 이렇게 쉽게 손자의 원수를 갚는 걸 포기하다니.

그렇다고 굳이 박기범의 모습으로 어그로를 끌어댈 이유도 그에게는 따로 없었다. 박기범은 더 괜찮은 활용 방법이 있으리라.

"그럼 우주환의 모습으로 가볼까?"

반지 운반자의 팔찌를 빙글빙글 돌리던 그는 픽 웃었다.

"꼭 누구의 모습을 할 필요는 없지."

아무도 아닌 게 가장 좋았다.

그러므로 그는 그냥 가면을 쓰기로 결정했다.

그렇게 결정을 했으므로 그는 자신의 가운데 손가락에 낀 반지에 차원력을 흘려 기능을 활성화시켰다.

이 반지의 이름은 사자문의 열쇠. 이 아티팩트는 김인수 개인 소유의 차원 금고를 활성화시킬 뿐만 아니라 금고를 열고 원하는 물건을 찾아내어 그에게 건네주는 역할 또한 담당하고 있었다.

그는 자신의 차원 금고에서 가면을 꺼내 들었다.

장식 따위는 없는 그냥 가면. 눈구멍이나 숨구멍 같은 것도 없었다. 얼굴 전면을 그냥 덮고 있을 뿐인 강철의 가면이었다.

이 가면의 기능은 '쓰지 않은 것 같다', 그게 전부였다.

말 그대로 눈앞이 보이고 숨도 마음대로 쉴 수 있다. 무게도 없는 것이나 마찬가지다. 하지만 얼굴을 가리는 가면 본연의 기능에 더해 강철제 방어구로써도 기능한다.

기능은 그게 뭐냐는 소리가 튀어나올 정도로 소소하지만 곰곰이 생각해 보면 물리적인 법칙을 거스르는, 생각보다 대단한 가면이다.

가면을 쓰고 난 그는 반지 운반자의 팔찌를 이용해 자신의 체형을 바꾸었다. 아예 여자 체형으로 바꿀까 하다가 대충 근육질의 남자로 정했다. 그리고 목소리도 바꾸었다.

"아, 아. 흠, 좋아."

자신의 목소리를 점검하며 이 정도면 됐겠지,라고 생각한 그는 반지 운반자의 팔찌 본래의 기능을 이용해 모습을 숨기고 집에서 나왔다.

이제부터 그가 할 일은 다음과 같다.

WF가 소유한 차원 균열을 하나 닫는다.

그것이었다.

진현우를 죽인 지 얼마 지나지도 않았는데 지나치게 적극적인 행동에 나서는 게 아닌가 하는 생각도 분명 있기는 있었다. 하지만 그가 이렇게 행동할 수 있는 이유가 있었다.

조상평으로부터 얻은 정보가 그것이었다.

WF 소유의 차원 균열을 닫으면 그들에게 타격을 줄 수 있겠다는 생각은 전부터 해왔다. 하지만 어느 정도의 병력이 어떤 방식으로 지키고 있는지는 기밀에 속해서 어벤저 네트워크를 통해서도 알아낼 수 없었는데 조상평이 이걸 불어준 것이다.

시각은 이미 새벽이었지만 그의 지글거리도록 불타고 있는 복수심은 그가 바로 잠들 수 없게 만들고 있었다. 알게 된 이상, 행동해야 했다.

그래서 그는 움직였다.

강철 가면의 모습으로.

*   *   *

"잘 생각해 보니 차를 살 필요는 역시 없겠군."

그는 그렇게 결론을 내렸다.

왜냐하면 그가 차보다 빠르니까.

차라리 자전거를 사는 게 나을지도 모른다고 그는 생각했다.

그가 목적지로 삼은 장소는 논산이었다.

구 논산 훈련소. 지금은 폐쇄되어 버린 이 훈련소 안에도 차원 균열이 존재한다. 그것도 WF 소유의 차원 균열이다. 물론이 차원 균열이 이 훈련소를 폐쇄시켜 버린 원인이기도 했다.

규모 자체는 WF의 주력이라고 할 수 있는 파주 차원 균열에 비하면 절반 미만 정도지만 나름 수도권에서 가깝기도 한 지리적 측면도 반영되어 중요도가 그리 낮지는 않은 지역이다.

"시험 삼아 닫아보기엔 딱인 곳이란 말이지."

그는 폐쇄된 문을 휙 뛰어넘었다. 그러자 바로 사이렌이 울리기 시작했다.

"오, 이런."

그는 살짝 탄식한 후, 바로 달리기 시작했다.

*   *   *

타타타타!

대한민국의 제식소총인 K−2가 불을 뿜는 소리가 들렸다.

하긴, 민간 기업이 소총 부대를 운용하고 있다는 건 그도 잘 알고 있었다. TA도 운용하고 있는 화력지원 부대다. WF라고 소총 부대를 운용 안 할 리는 없었다. 어보미네이션이라는 괴물을 상대로 일반인에게 맨손으로 싸우라고 그냥 보낼 수는 없으니 말이다.

아무리 소총을 비롯한 현대 화기가 헬필드 안에서는 무용지물이라지만 일단 헬필드 바깥으로 빠져나온 어보미네이션들에게 총은 상당히 효과적인 무기이니 총포 소지 허가를 내준 국가의 결정을 탓할 수는 없었다.

하지만 그게 인간을 향해 발사될 것이라고는 상상해 보지 않았다.

그리고 그 인간이란 물론 그 자신이다.

"아, 짜증나."

그는 혀를 찼다.

그냥 짜증이 났다. 모습을 숨겨 버리면 총알이 날아오지 못할 것임은 그도 안다. 하지만 WF가 자사의 차원 균열을 무단 침입해 온 어벤저를 어떻게 막을지 궁금해서 일부러 가면까지 쓰고 모습을 드러낸 채 달리고 있었다.

그 답이 총이었다.

'아무리 상대가 차원 능력자라고 해도 그렇지, 그냥 총부터 갈기고 보다니.'

어이가 없어서 혀를 차면서도 그의 다리만은 재빨리 움직였다.

그는 아직 총에 맞지 않았다. 반지 운반자의 팔찌를 응용한 능력으로 그의 실제 위치와 눈에 보이는 위치는 5m 정도 어긋나 있었다. 즉, 소총수들이 아무리 그를 향해 총을 쏴도 총알은 허공을 스칠 뿐이다.

아직까지는 조준 사격을 가해오는지라 한 대도 안 맞을 수 있지만 뭔가 이상하다는 걸 느끼고 탄막을 쳐서 마구 쏴대면 눈 먼 총탄에 맞을 수도 있었다. 아무리 총을 맞아도 멀쩡할 수 있는 보험이 있다지만 쓸데없이 그 보험을 낭비하고 싶지는 않았다.

그래서 그는 헬필드 안에 들어왔다.

"자, 이제 총은 소용없다. 어떻게 할 거지?"

그 질문에 대한 답은 다음과 같았다.

컹컹, 컹컹컹. 개 짖는 소리가 들렸다. 그 소리를 듣고서 웃음이 절로 터져 나왔다. 경비 부대 측에서 개를 푼 것이었다.

상대는 어보미네이션도 잡는 어벤저다. 그런 상대를 개를 풀어 잡을 생각은 아닐 터였다. 문제는 개라는 생물 자체의 성질이었다. 충성심이 강하고 훈련을 통해 조건반사적으로 움직일 수 있게 만드는 개를 이용해서 경비 부대가 하려는 짓은 바로⋯⋯.

"샤아아아악!"

차원 균열 쪽에서 리자드독의 포효 소리가 들렸다.

그렇다. 저들이 선택한 방법은 개를 이용해 어보미네이션을 끌어내는 것이었다.

"하, 침입자를 어보미네이션의 힘을 빌려서 처치하려고 하다니. 이걸 뭐라고 해야 하나. 머리를 잘 썼다고 해야 하나?"

개들은 최하급 어보미네이션, 리자드독의 출현에 겁을 먹었는지 헬필드 안으로 들어오지는 못하면서 계속 짖고 있었다. 그렇게 하도록 훈련을 받았을 터였다. 그 개 짖는 소리에 차원 균열에서는 리자드독들이 계속 기어 나오고 있었다.

5마리, 10마리, 20마리.

이게 개를 디코이로 이용하지 않는 이유다. 물론 훈련 여하에 따라 다를지도 모르지만 개를 이용해서 어보미네이션을 원하는 만큼만 끌어내는 건 굉장히 힘들 터였다.

평범한 생물에게 있어서 어보미네이션은 근본적인 공포를 자극하는 존재이고, 그 모습을 눈앞에 드러내는 것만으로도 이성 따위는 간단히 날려 버릴 수 있다.

인간을 상대로도 그런데, 하물며 개가 어보미네이션 앞에서 공포를 억누르고, 본능을 죽이고, 훈련받은 대로 움직일 수 있을까? 그것도 차원력이 뿜어져 나오는 차원 균열 앞에서?

평범한 인간에게도 힘든 일이다. 하지만 몸 안에 차원력을 지닌 어벤저들은 차원력의 압박과 어보미네이션의 공포에 어느 정도의 내성을 갖추는 게 가능하다. 괜히 비싼 연봉을 쥐어줘 가며 어벤저를 디코이로 쓰는 게 아니다.

어쨌든 경비 부대에서 개를 푼 결과, 어느 정도 우수한 어벤저조차 부담스러워 할 숫자의 어보미네이션이 차원 균열에서 몰려나오고 있었다.

"진퇴양난이네."

그가 평범한 어벤저였다면 그랬을 터였다. 그러나 그는 평범한 어벤저가 아니었다.

'저 리자드독을 잡아봤자 그 시체를 WF 측에서 돈 내고 사줄 것 같지는 않군.'

헬필드 바깥쪽에서는 경비 부대가 소총을 겨누고 있었다. 만약 그가 리자드독들에게 겁을 먹고 헬필드에서 나오면 바로 총을 쏴버리겠다는 태세였다.

그러니 굳이 리자드독을 잡아 죽이느라 시간을 낭비할 필요가 없었다.

그의 모습이 훅, 촛불이라도 꺼지듯 사라졌다. 물론 반지 운반자의 팔찌를 응용한 능력을 사용했기 때문이다. 그를 향해 달려들던 리자드독들은 순간적으로 목표물을 잃어버리고 방황하다가 가장 가까운 사냥감으로 목표물을 변경했다.

개들이었다.

'불쌍한 개들.'

개를 공격하기 위해 헬필드 바깥으로 나간 어보미네이션들을 향해 소총이 불을 뿜었다. 물론 그 사이에 끼인 불쌍한 개들은 자신들이 충성하던 대상의 총격을 적들과 함께 받아야 했다. 그저 주인을 잘못 만난 죄로.

'도저히 웃을 마음은 들지 않는군.'

그는 그 끔찍한 광경에서 눈을 돌리고 원래 가려고 한 곳을 향해 걷기 시작했다.

차원 균열을 향해.

원래 오늘 그가 하려던 일을 하러.

*   *   *

차원 균열의 안쪽은 그의 입장에서는 익숙했다.

어둠 속의 공간.

이 공간에 들어올 때마다 그는 불쾌함을 느낀다. 처음 그가 진가규에 의해 차원 균열 속에 던져졌던 그날의 기억이 되살아나기 때문이다. 이미 이 공간에 수백 번을 들어와 봤음에도 불구하고 그 불쾌함은 없어지지 않았다.

"역시 진가규, 그놈을 족칠 때까지는 두 발을 뻗고 잘 수가 없어."

새삼 이를 갈면서 그는 어둠 속을 응시했다.

동굴이었다. 좁고, 습하고, 어두컴컴한 동굴의 가장 안쪽. 여기가 바로 이 틈새 차원의 가장 밑바닥이다. 차원 균열을 통해 들어온 존재가 가장 먼저 보게 되는 광경이기도 하다.

그 동굴 속에서 여러 안광이 보였다. 날카롭고 살기에 찬 안광들이다. 어보미네이션 웨이브라 불리는, 차원 균열 탐사가들에게 가장 위협적인 현상이 지금 일어나려고 하고 있었다.

최재철이 현오준 팀과 갔던 초보자용 던전과는 달리, C급은 물론이고 B급 어보미네이션도 포함된 위협적인 웨이브였지만 그는 코웃음을 쳤다.

그는 오히려 차원력을 숨겼다. 거의 일반인과 다름없는 수준까지 차원력을 줄이자 모습을 숨기고 있던 변색 도마뱀과 투명 마수가 실체를 드러내었다. 변색이나 투명화에 차원력을 쓰는 것도 아깝다는 듯, 욕망으로 가득 찬 미소와 함께 어보미네이션이 그를 향해 다가왔다.

다음 순간, 그는 정면에 손을 내밀었다. 그것이 신호이기라도 한 것처럼 이 자리에 있던 모든 어보미네이션이 그를 향해 달려들었다.

"좋아, 아주 좋아!"

그는 유쾌하게 웃었다. 그리고 그가 뻗은 손바닥 위에서 작은 공이 나타났다. 그 공은 검은색이었다. 하나 그냥 검은색은 아니었다. 마치 보는 사람의 시선을 빨아들이는 듯한, 아마도 블랙홀을 육안으로 보면 그렇지 않을까 하는 색이었다.

아닌 게 아니라 그게 블랙홀이었다.

달려들던 어보미네이션들이 그의 손아귀 위에 놓인 미니 블랙홀에 빨려 들어가기 시작했다. 리자드독이 가장 먼저 빨려 들어가고 크로코리언이 그 뒤를 따랐다. 변색 도마뱀이라고 운명이 다르진 않았다. 도중에 이상함을 느끼고 달려들길 멈춘 거대한 투명 마수도 블랙홀은 아랑곳하지 않고 빨아들이기 시작했다.

빠직, 우직, 와직. 가죽이 찢어지고, 살이 쪼개지고, 근육이 짜개지고, 뼈가 빠개지며, 끔찍한 소리가 났다. 그러나 그에게는 피 한 방울 튀지 않았다. 피 한 방울도 남김없이 미니 블랙홀이 빨아들이고 있었다.

미니 블랙홀이 그 자리에 있던 모든 어보미네이션을 빨아들이자 그는 능력의 발동을 멈췄다. 그러고는 그의 손바닥 위에 주먹만 한 검은 보석이 떨어졌다.

최근 연구에서는 이전과 다른 이론도 나온 모양이지만 기존의 이론에 따르면 석유는 고대 생물들의 시체가 지중의 고온, 고압으로 인해 변질되어 생겨난 물질이라고 한다.

불과 몇 초 사이에 석유가 만들어지는 과정과 같은 현상이 일어났다.

이 검은 보석은 그런 존재이다. 미니 블랙홀의 압도적인 중력 속에서 삽시간에 세 개의 생명을 잃어버리고 시체가 된 어보미네이션들이 압축되어 생성된 결과물.

그가 가볍게 쥐어 올리고 있지만, 사실 이 검은 보석의 무게는 100톤이 넘는다. 물리법칙대로라면 현실에 존재할 수 없는 물질. 존재 그 자체로 물리법칙을 비웃는 검은 물질을 그는 자신의 차원 금고 속에 던져 넣었다.

"이걸로 반은 했군."

그는 아무렇지도 않게 말했다. 가볍게 손을 털어 손가락을 풀며 그는 이어 말했다.

"자, 그럼 나머지 절반."

차원 균열이 생기는 이유는 다음과 같다. 원래 존재하지 않았을 터인 차원과 차원 사이의 틈새에 각 차원의 잉여 차원력이 모여들어서 틈새 차원이라는 새로운 차원이 생긴다. 잉여 차원력은 계속해서 그곳에 모여들고, 틈새 차원도 그 차원력을 통해 팽창한다.

문제는 이 틈새 차원이 원래대로라면 존재하지 않았어야 할 차원이라는 점이다. 애초에 차원과 차원 사이의 틈새에서 생성된 차원이니만큼 그 팽창에는 한계가 있다. 결국 틈새 차원은 팽창하다 못해 지나치게 모여든 차원력을 다른 차원에 균열을 열고 쏟아내고 만다.

이 과정에서 열리는 것이 차원 균열이다.

그렇다면 이 차원 균열을 닫는 방법은 무엇일까. 답은 간단하다. 이 틈새 차원에 모여든 잉여 차원력을 줄이면 된다. 그 방법에는 여러 가지가 있지만, 가장 심플한 방법은 역시 존재하는 것만으로도 차원력을 뿜어내는 차원 마수를 처치하는 것이다.

설명은 길어졌지만 결론은 간단하다.

"이 던전의 보스를 처치하라."

그것이었다.

"흠, 이 던전의 보스는 '눈 사냥꾼'인가."

눈 사냥꾼은 틈새의 눈, 즉 지구에서 말하는 빅 마우스를 사냥해 먹는 거대한 동물이다. 아니, 사실 어보미네이션들은 동물인지조차 의심스러운 존재이지만 뭐, 움직이는 생물이긴 하다.

이 눈 사냥꾼의 존재가 빅 마우스로 하여금 틈새 차원의 지면을 통해 파고들어 '던전'을 생성하고 다른 차원에다 차원 균열을 열어대게 만드는 원인이다. 그들은 어디까지나 사냥감으로 천적인 눈 사냥꾼을 피해 오는 것이다.

틈새의 눈의 노력도 허망하게 눈 사냥꾼은 이런 던전까지 파고들어 와 틈새의 눈을 찾아서 잡아먹고 대신 여길 둥지로 삼는다. 이렇게 던전의 주인이 바뀐다.

새로이 던전의 주인이 된 눈 사냥꾼은 던전에 머물고 있는 다른 어보미네이션을 잡아먹거나 특유의 페로몬을 이용해 틈새의 눈을 끌어들인다.

뭐, 그런 눈 사냥꾼의 생태는 지금의 그에게는 그리 중요하지도 않다.

그는 차원 금고에서 한 가지 물건을 찾아내 꺼내 들었다. 그 물건의 이름은 스타벅의 작살. 오로지 눈 사냥꾼만을 잡기 위해 만들어진 아티팩트이다.

"좋군."

한 마디 흘린 그는 아무렇게나 스타벅의 작살을 던졌다.

작살은 멋대로 날아갔다. 작살 끝에 매달린 은색 실이 작살의 궤적을 알려주고 있었다. 곧 작살은 멈췄다. 목표물에 박힌 것이다.

그는 말했다.

"나를 이스마엘이라 부르라."

은빛 실을 타고 전달된 막대한 차원력이 작살에 전달되었다. 동굴 저 너머의 막다른 곳에서 폭음이 들렸다. 눈 사냥꾼이 한 번 죽은 것이다.

그는 은빛 실을 당겨 작살을 회수했다. 그리고 첫 번째 목숨을 잃고 분노한 눈 사냥꾼의 포효가 점점 가까워지고 있었다. 통로는 눈 사냥꾼이 통과하기에는 너무 작았고, 그렇기에 눈 사냥꾼은 숫제 새로운 통로를 파듯 날뛰며 이쪽으로 오고 있었다.

죽으러 오고 있었다.

그 생물은 고래와도 같았다. 50m에 달하는 거대한 몸체의 일부만을 본다면 고래처럼도 보일 터였다.

하지만 고래는 아니었다. 고래가 어디 허공을 날든가? 더욱이 입 주변에 촘촘히 난 촉수는 각각 하나씩 투명 마수의 촉수를 능가하는 강력한 힘을 발휘한다. 그 수십 개의 촉수를 휘두른 눈 사냥꾼은 동굴 벽을 때려 부수고 여기까지 왔다.

그의 존재를 확인한 눈 사냥꾼은 거대한 입을 쩌억 벌렸다. 다섯 겹으로 난 백상아리와도 같은 날카로운 이빨이 이 생물의 본질은 프레데터임을 알려주고 있었다. 벌린 입으로 눈 사냥꾼은 포효했다.

크구거거거거거!

공기는 물론이고 차원마저 흔들린 것 같다는 착각이 들 정도로 엄청난 포효였다. 그러나 그는 눈 사냥꾼이 가한 위협을 가볍게 무시하며 다시 한 번 작살을 던졌다.

수면 아래의 작은 물고기라도 잡듯 가볍게 던진 작살은 다이아몬드보다 딱딱하고 티타늄 합금보다 단단한 눈 사냥꾼의 거죽을 손쉽게 파고들어 용암보다도 뜨거운 살가죽을 헤치고 맹독으로 가득 찬 심장까지 꿰뚫었다.

콰앙!

차원력에 의한 폭발과 함께 눈 사냥꾼은 두 번째의 목숨을 잃었다. 상대가 어떤 존재인지 뒤늦게 깨달은 듯 눈 사냥꾼은 몸을 뒤틀었다. 도망치려는 것이다.

"후후후."

그는 즐거운 듯 웃었다.

이미 늦었다. 처음 작살로 심장을 꿰뚫렸을 때 도망쳤어야 했다. 세 번째로 던져진 작살이 또다시 눈 사냥꾼의 심장을 꿰뚫었다.

콰앙!

결국 눈 사냥꾼의 거체는 곧 생명력을 잃고 그 자리에 나자
빠지고 말았다.

"귀찮지만 재미있군."

그는 간단한 감상을 남겼다.

이렇게 심장만을 파괴하는 식의 귀찮은 방법을 사용해 눈
사냥꾼을 처치해야 하는 이유는 이놈의 시체가 대단히 가치
있기 때문이다. 단순히 태워서 연료로 쓰기에는 너무나도 아
까울 정도로.

괜히 이놈만을 잡기 위한 전용 아티팩트가 만들어진 게 아
니다.

이놈의 피부 아래에 자리 잡은 향기로운 기름부터 시작해
서 내장 속의 똥마저도 가치를 아는 이들 사이에서는 고가에
거래된다.

하지만 이놈을 여기서 해체하고 있을 시간은 없다. 던전의
보스가 죽었으니 이 차원 균열은 곧 닫힐 것이다. 그러므로
그는 차원 금고 속에 눈 사냥꾼의 시체를 던져 넣었다.

"다 끝났군."

던전이 무너지는 소리가 들리고 있었다. 익숙한 소리였다.

그는 차원 균열을 통해 다시 지구로 돌아왔다.

                    *   *   *

   본래 차원력을 주변에 뿜어내며 헬필드를 흩뿌리던 차원
균열이 닫힐 때는 반대로 차원력을 빨아들이며 헬필드까지
없애 버릴 때의 모습은 아무리 봐도 질리지 않았다. 그것은
이변의 종말이자, 일상의 회복을 고하기 때문이다. 적어도 김
인수는 그렇게 생각했다.

   하지만 WF측의 사람들은 다른 생각을 한 모양이었다. 원래'
라면 차원 균열이 있었어야 할 자리를 사색이 된 채 바라보고
있는 저들의 내심은 무엇일까? 상부로부터 받을 질책에 대한
공포일까? 그런 건 그가 염려해 줄 것도 아니었다.

   모습을 숨긴 채 저들의 반응을 잠시 바라보던 그는 곧 다시
움직이기 시작했다. 그 자리에 있던 저들 중 누구도 그의 움
직임을 감지하지 못했다.

   "하나만으론 좀 부족하지 않나? 하나보다는 둘, 둘보다는
셋이지!"

   그는 이빨을 드러내며 웃었다.

   지금 그가 하려고 하는 짓은 위험한 짓거리였다.

   자신들 소유의 차원 균열이 닫힌 걸 안 WF가 전력을 다해
서 반격을 한다면? 그 WF의 전력이 어느 수준인지 모르지만,
만에 하나라도 그게 그를 넘어서는 전력이라면 그의 복수는

여기서 끝을 맞이할 수도 있었다.

아직은 정보가 부족하고 확신은 없었다. 조상평은 B급이긴 하나, 반대로 말하면 B급에 불과하다. 그 정보가 완벽하다고 할 수는 없었다.

그럼에도 불구하고 그가 오늘 밤 내로 차원 균열을 두 개나 더 닫을 결심을 하게 된 건, 지금 이 순간까지도 모습을 숨긴 그를 알아볼 수 있을 정도의 어벤저를 호출하지 않았기 때문이다.

'이 정도로는 아직 전력을 다할 생각이 들지 않는 모양이야.'

발목을 물어도 움직임이 없다. 그렇다면 아직 파고들 틈이 있다. 거인의 허벅지 살 두 점 정도는 떼어낼 정도의 틈이.

틈이 있는데 잡아 뜯지 않을 이유가 없었다.

*　　　*　　　*

어벤저의 연봉이 왜 이렇게 높은가.

김인수가 이계에 다녀온 10년 동안 딱히 인플레이션이 일어난 것도 아니었다. 일어난 것은 오히려 디플레이션이었고, 현재는 스태그플레이션 상태다. 대한민국의 인건비는 어벤저의 연봉 빼고는 다 저점을 찍었다고 봐도 무리는 아니었다.

원래대로라면 디플레이션 자체가 일어나서는 안 된다. 세계에서 가장 먼저 차원 균열이 열린 대한민국은 미국과 함께 어보미네이션 산업에서 큰 이득을 벌어들였다.

이 이득은 국가 전체로 퍼지며 경기를 호황으로 만들어야 했다. 원래대로라면 사람들의 생활은 더욱 윤택해졌어야 했다.

어보미네이션 시체에서 얻어낼 수 있는 막대한 열에너지가 공공의 이득을 위해 사용되었다면 난방비는 당연히 무료여야 했고, 전기도 거의 무료에 가깝게 사용할 수 있었을 터였다.

원래대로라면. 그런 전제가 깔린 점에서 이미 현실은 그렇게 돌아가고 있지 않다는 것을 알 수 있을 것이다.

민간에 발전소 설립 허가가 나오면서 민간 기업이 일반인에게 전기를 팔 수 있는 세상이 되었다. 법을 통과시킨 정치가들은 자유 시장 경쟁으로 인해 더욱 저렴하게 전기를 사용할수 있게 되었다고 공언했다.

하지만 현실은 달랐다.

사기업에서 전기를 사다 쓰든, 공기업에서 전기를 사다 쓰든 세계적으로 악명이 높은 누진세와 누진 요금을 물어야 하는 건 똑같았다.

오히려 담합으로 인해 전기 요금이 더 오르기도 했으며, WF와 TA는 매년 막대한 액수의 과징금을 정부에 내고 있다. 이는 담합으로 벌어들이는 돈이 더 많다는 증거이기도 했다.

남아도는 막대한 열과 전기는 사람들의 삶을 좀 더 풍요

롭게 만들어주는 대신, 강철과 알루미늄과 티타늄을 생산하는 데 쓰였다. 기존 원가에 연료 가격이 상당히 붙어 있던 강재를 대한민국은 말도 안 되는 가격에 세계에다 뿌릴 수 있었다.

원래대로라면 가치가 없는 거나 다름없는, 불순물이 많은 원재료로도 질이 높은 강재를 생산할 수 있으니 아무리 싸게 팔아도 남는 장사였다.

물론 제강 산업은 대표적인 일례일 뿐이다. 에너지는 온갖 산업에 사용되었다. 제조, 물류, 유통, 건설, 통신……. 말 그대로 사람이 할 수 있는 것 빼고는 전부 다.

다른 기업들도 WF와 TA의 에너지를 사지 않고서는 기업 운영 자체가 불가능할 정도였고, 두 대기업은 다른 기업에 에너지를 돈 받고 팔면서 자사에서는 공짜나 다름없이 쓸 수 있으니. 어보미네이션 산업에 몸을 담근 기업과 그렇지 않은 기업의 경쟁이 성립할 수 없을 정도였다.

상황이 이렇다 보니 다른 기업들도 어보미네이션 산업에 뛰어들기 시작했다. 당연한 수순이었다.

그리고 이 어보미네이션 산업에 필수인 것이 1차적으로는 어보미네이션 시체. 어보미네이션 시체를 생산할 수 있는 조건으로는 헬필드 안에서도 생존이 가능한 B급 이상의 어벤저의 존재.

WF와 TA의 입장에서 다른 것은 담합이 가능해도 어벤저 확보만큼은 담합이 불가능했다. 그래서 WF와 TA는 말도 안 되는 돈을 주고서 어벤저 확보에 나섰다. 다른 기업에 취직한 어벤저들마저 적극적으로 헤드헌팅에 나서니 연봉에 말도 안 되는 거품이 끼는 것도 당연지사.

이런 환경 속에서 불과 C급인 최재철의 억대 연봉이 성립하게 된 것이다. 물론 C급 중에서도 엄선된 실전 면접을 통과한 그이기에 성립할 수 있었던 것이었다.

이것이 어벤저의 연봉이 왜 이렇게 높은가,라는 질문에 대한 답이다. 이 질문에 대한 답은 어보미네이션으로 얻어내는 막대한 이득은 어디로 가는가에 대한 답이기도 하다.

합법적이고도 비합법적인 모든 수단을 동원한 끝에 만들어낸 이 환경 속에서 어보미네이션 산업으로 인해 발생된 이득은 아주 소수의 인간들만 나눠먹게 되었다. 말 그대로 어보미네이션 산업의 관련자들만. 딱 거기까지다.

그러니 김인수가 WF의 차원 균열을 닫아서 손해를 볼 인간들도 딱 거기까지다.

WF와 그 관련자들.

거기까지.

*　　　　*　　　　*

아침에 일어나서 인터넷 뉴스를 보니 김인수가 간밤에 저지른 일이 헤드라인을 장식하고 있었다.

논산의 차원 균열을 포함해서 김인수는 WF가 소유하고 있는 차원 균열 세 개를 닫았다.

이야기를 들어보니 지구에서 이제까지 닫힌 차원 균열의 숫자는 아홉 개. 그가 닫은 세 개를 합하면 열두 개가 되는 셈이다.

미군들이 큰 희생을 치르며 닫은 것이 일곱 개, WF가 닫은 것이 두 개다. 국가 규모로는 차원 균열을 닫을 수 있는 세력은 미국뿐이며, 민간 기업 중에서는 차원 균열을 닫을 수 있는 기업은 WF뿐이다.

그것도 WF가 닫은 두 개 중 하나는 업계에서 독점적 지위를 얻기 위해 과시적으로 닫은 것이며, 다른 하나는 사고로 닫힌 것이라고 한다.

어떻게 해야 차원 균열이 닫히는 건지, 안에서 어떤 사고가 일어난 건지도 외부에는 밝혀져 있지 않다.

지금까지 차원 균열을 닫은 미군들은 차원 균열 안에서 모조리 행방불명되었고, 차원 균열을 닫고도 돌아온 이들은 WF의 첫 프로젝트 팀뿐이다. 그리고 그 첫 프로젝트 팀은 어떻게 차원 균열을 닫은 건지 입을 굳게 다물고 있다.

지금의 지구인들의 인식으로 차원 균열은 위험하지만 자원의 보고인 곳이다. 그런 만큼 통제만 가능하다면 일부러 닫을 필요가 없다는 의견이 대세이다.

가끔 기어 나오는 어보미네이션은 헬필드 바깥에서 사살하면 되고, 그 시체는 신시대의 고부가가치 상품이니까.

위험하다고 해도 일선의 병사들이나 위험할 것이고, 자기 집에서 일상생활을 보내는 일반인에게는 전혀 위험하지 않다. 그게 일반적인 인식이다. WF가 거액을 들여 홍보한 결과로 이뤄진 인식이기도 했다.

그런데 이런 상황에서 차원 균열이 세 개나 한꺼번에 닫혔다.

위험한 게 사라져서 다행이라는 사람은 별로 없었다. 그보다는 국가의 자산이 증발했다는 인식이 강했다. 그 인식은 곧 이 사태에 대해 분노와 질책으로 이어졌다.

몇 년 전 일이기는 하지만 이미 하나를 실수로 닫아버린 상황에서 이런 일이 일어났으니만큼, WF의 차원 균열 관리 능력에 의문을 표하는 기사가 나올 법도 했다.

이로 인해 WF가 입은 손실은 금액으로 환산해서 3조 원 이상. 주식도 개장과 동시에 매도가 몰려 주가의 20%가 빠지는 대폭락이 일어났다.

결과적으로 김인수는 왜 여태까지 이 방법을 생각하지 못했을까, 하는 생각이 들 정도로 WF에게 효과적인 타격을 입했다. 그 결과에 흡족하지 않을 이유가 없었다.

흐뭇하게 뉴스 기사를 둘러보고 있던 그는 문득 미간을 찌푸렸다.

[WFF 유연학 사장 퇴임!]

차원 균열 관리 기업 WFF의 유연학 사장이 차원 균열 소멸에 대한 책임을 지고 스스로 사임한 것으로 알려졌다. 한편 WFF 진가충 부사장이 사장 직위를 이어받았다.

진가충 부사장은 WF그룹의 회장인 진가규의 차남으로 이로써 WFF도 진씨 일가의 친정이 이어지게 되었다. 진가충 신임 사장은 WFF는 물론 WF그룹 차원의 총력을 기울여 이 같은 사태의 재발을 미연에 방지할 것을 약속했다.

"하……."

김인수는 쓰게 웃었다. 그 기사가 뭘 뜻하는지는 그도 알아챘다.

그냥 보자면 유연학이 책임을 지고 물러난 것처럼 보이지만 그 뒤를 이은 게 진가충이라는 점이 핵심이다.

WF그룹의 재앙이라고 할 수 있는 이 사태마저도 사내 정치에 이용하는 수완은 대단하다고 밖에 할 수 없다. 당연하지만 기업은 회장의 소유물이 아니다. 하지만 그것에 가깝게 만들 방법은 있고, 진가규는 진가충이라는 자신의 아들을 이용해서 그 방법을 실행한 것이다.

WFF의 사장 자리에 진가충을 앉힌다. 비록 자회사 하나라지만 자기 혈족에게 WF의 자산을 물려주는 데 성공한 것은 맞다.

보통이라면 주주들이 가만히 앉아 있지 않는다. 조금이라도 배당금을 많이 나눠먹으려면 WFF가 잘 되어야 하고, 그러려면 그 대표로 유능한 이가 앉아 있는 게 낫다.

유연학은 지금껏 잘해왔다. 그런 인식이 자리 잡고 있었다면 이런 일은 일어날 수 없다. 그리고 실제로 잘해왔기에 진가충은 부사장 자리에 머물러 있었던 것이리라.

하지만 이런 갑작스러운 사태가 일어났고, 책임질 사람이 필요해졌다. 그리고 그 자리를 긴급히 대신 채우는 게 부사장이었다. 이야기는 자연스럽게 흘러갔을 것임에 틀림없다.

결과적으로는 WF그룹 전체의 타격을 진씨 일가의 사리사욕을 채우는 데 성공적으로 활용한 셈이다.

"이건 좀 씁쓸하군."

진짜 복수의 대상이 어디까지나 진씨 일가인 김인수 입장에서는 입맛이 썼다. 물론 WF의 타격은 진씨 일가에게도 타격일 테니 아주 무의미한 일격은 아니었겠지만 말이다.

그리고 신경 쓰이는 점은 한 가지 더 있었다. 바로 그 어떤 뉴스도 '강철 가면'의 이야기는 꺼내지 않는다는 점이었다.

그가 논산의 차원 균열에 침입할 때, 그는 분명히 모습을 드러냈다. 강철 가면을 쓰고 체격과 목소리를 변조한 모습이 긴 했지만 그 모습을 목격한 이는 많을 터였다. 반지 운반자의 팔찌의 부가된 능력인 인식 장애도 일부러 꺼놨으니 아마 CCTV에도 그 모습이 찍혀 있을 것이고.

그리고 그 강철 가면의 괴한이 등장하고 얼마 후, 차원 균열이 닫혔다.

논리적인 사고가 가능한 인간이라면 강철 가면의 괴한 출현과 갑작스러운 차원 균열의 소멸에 대한 인과관계를 의심할 수 있으리라. 그 논리가 틀렸든 아니든, 최소한 가설은 떠올릴 수 있으리라. 그리고 이 가설은 충분히 기삿거리라 할 수 있었다.

하지만 그 어떤 기사에서도 강철 가면의 괴한에 대해 다루지 않고 있었다.

본 사람이 그렇게 많고 기록까지 남았는데도!

"엠바고를 걸었나 보군."

WF와 진씨 일가가 언론을 가지고 놀 수 있다는 건 그 스스로가 이미 체험한 바 있었다. 그러니 그런 결론을 내는 건 간단했다. 문제는 왜 굳이 엠바고를 걸었냐는 것.

"…직접 잡아야 한다고 생각한 걸 테군."

소총을 든 경비 부대와 경비견만으로는 강철 가면의 괴한을 잡을 수 없다는 것을 저들은 이미 학습했다. 그렇다면 앞으로는 더 강력한 경비 수단을 배치할 것이라 쉬이 예상할 수 있었다.

그리고 그 강력한 경비 수단이란 어벤저일 터였다.

"후."

그는 짧게 웃었다. WF가 준비한 어벤저라. 그 실력을 확인해 보고 싶은 마음도, 상대해 보고 싶은 마음도 굴뚝같다.

"일주일 정도는 바짝 긴장하게 그냥 놔둬야겠군."

그럼에도 그가 내린 결론은 이것이었다. 언제 올지 모르는 상대를 기다리는 것만큼 괴로운 것도 없다. 그렇게 생각했기 때문이었다.

*   *   *

"강철 가면의 괴한을 잡아오게."

진가충은 그렇게 명령을 내렸다.

"아, 진짜요?"

웃는 얼굴의 어벤저는 여전히 웃는 낯이었다. 자신이 소속된 회사가 3조 원이 넘는 타격을 입은 대참사를 목도하고서도 그의 표정은 바뀌지 않았다.

CCTV로 남은 영상은 한정적이었다. 세상의 그 어떤 기술을 동원해서도 헬필드 안의 모습을 촬영하는 것은 불가능했다. 그렇기에 강철 가면의 괴한이 헬필드 안에서 무슨 짓을 했는지 그들은 알 수 없었다.

그저 오늘부로 해고당한 경비 부대의 증언만이 남아 있을 따름이었다.

"사람이 맨몸으로 총알을 피해댄다고 하던데, 그런 걸 제가 잡을 수 있을까요?"

"불가능한가?"

"혼자서는요."

웃는 얼굴의 어벤저는 자존심을 자극해 오는 진가충의 말에도 별 흥분도 하지 않고 그냥 고개를 끄덕였다.

"제가 쫓으면 그놈은 도망칠 테니 포위망을 구성할 인원이 필요합니다."

"몇 명이나?"

"얘 하나면 되죠."

웃는 얼굴의 어벤저는 자신의 후임으로 붙은 굳은 얼굴의 어벤저를 가리켰다.

"S급 둘이라."

"뭐, S급이 비싸서 못 쓰시겠다면야 A급들을 풀면 되겠죠."

진가충은 표정을 굳혔지만 곧 아무렇지도 않은 듯 말을 이었다.

"둘이 가게."

"어디로요?"

"파주로."

"파주요?"

진가충의 말에 웃는 얼굴의 어벤저는 놀란 듯 되물었다. 그 와중에도 그 얼굴에 웃음은 그치지 않은 채였다.

"파주에는 어차피 WF의 정예 어벤저들이 포진해 있지 않습니까? 24시간, 3교대로 어보미네이션 생산에 여념이 없다고 들었는데요."

"정보가 늦군. 아, 내가 늦게 준 건가? 파주는 지금 헬필드의 축소가 관측되었네. 이 이상 기존 생산량대로 어보미네이션을 생산했다간 차원 균열이 닫힐 가능성이 있어."

사실 인류에게는 기쁜 일이었다. 대재해라고까지 불린 8년 전의 참사를 일으킨 차원 균열이다. 만약 정말로 닫힌다면 그것만큼 경사가 어디 있겠는가?

그러나 진가충의 표정은 심각했다. 그 심각함을 이해하기라도 한 듯 웃는 얼굴의 어벤저는 고개를 끄덕였다.

"아, 그래서……."

"그래, 이른바 휴지기라 할 수 있지. 어보미네이션 생산은 중지되었네. 어벤저들도 철수했지. 본사의 지휘 아래 다른 차

원 균열에 배치되었을 거야. 그래서 지금은 파주 차원 균열의
책임이 우리 관리 회사로 넘어온 걸세."

"그럼 만약 파주가 공략당하면 부사장님, 아, 실례. 사장님
도 위험하시겠군요."

공식적으로는 세계 최초로 열린 차원 균열이자, 어보미네이
션 생산량 또한 최고를 자랑하는 WF의 보물. 여길 공략당한
다면 아무리 진가규의 친자식인 진가충이라 한들 경질을 피
할 수 없으리라.

그렇기에 진가충은 자신의 호위로 고용된 최고 수준의 어
벤저 둘을 동시에 파주로 투입할 결심을 할 수 있었다.

"그런데 강철 가면의 괴한이 과연 파주로 올까요?"

웃는 얼굴의 어벤저가 말한 의문은 지당했다. 실제로 강철
가면의 괴한이 파주로 올 가능성은 그렇게까지 높지는 않았
다. 그럼에도 불구하고 진가충이 S급 어벤저 둘을 파주로 보
내는 이유는 다음과 같았다.

"모습을 숨길 수 있음에도 일부러 카메라에 자신의 모습을
비춘 놈일세. 공명심이 높은 타입일 테지. 그런데 논산을 비롯
해 세 개의 차원 균열을 자신이 닫았음에도 기사가 하나도 뜨
지 않은 것에 화가 났을 걸세. 그렇다면 다음에 노릴 차원 균
열은 자연히……."

"세계 최초라는 타이틀을 지닌 차원 균열, 파주가 되겠군요."

"가능성이 제로라고 하지는 못하지. 하지만 우린 그걸 제로로 만들 필요가 있네."

요는 리스크 관리의 의미였다. 닫히면 안 되는 차원 균열에 가장 강한 전력을 투입한다. 알기 쉬운 정공법이지만 허허실실을 취할 수 없을 정도로 중요한 지역이니 어쩔 수 없었다.

"알겠습니다, 주인님. 명 받들겠습니다."

"그래, 부탁하네."

웃는 얼굴의 어벤저와 굳은 얼굴의 어벤저는 사장실에서 나갔다.

진가충은 그들이 나간 후 한숨을 푹 내쉬었다. 평소 같으면 이 스트레스를 풀기 위해 캐비닛에 비치해 둔 여자를 이용했을 테지만 지금은 영 그럴 기분이 아니었다.

"어떤 놈이지? 우리 회사에 원한이라도 있는 놈인가?"

조금만 생각해도 WF에 원한이 있는 놈은 많았다. 하지만 그중에 강철 가면을 쓰고 차원 균열을 닫으러 다닐 만한 인간은 영 떠오르지 않았다.

먼저 원한을 갖게 된 후에 어벤저 스킬에 각성했을 가능성을 떠올릴 순 있지만 그렇게 생각하자면 경우의 수가 한도 끝도 없이 불어난다. 생각해 봐야 소용없는 짓이다.

"뭐, 그거야 어쨌든."

진가충은 혼잣말로 생각의 방향성을 전환했다.

그래도 밤새 일어난 일 덕분에 그가 TA에 팔아치운 북한산 차원 균열 건이 은근슬쩍 무마된 건 전화위복이라 할 수 있었다.

그를 추궁해야 했던 유연학 사장이 책임을 지고 퇴임하는 덕에 진가충 본인은 이렇게 사장 자리까지 손에 넣었으니 결코 나쁜 일이라고만 할 수는 없었다.

하지만 이제 차원 균열에 대한 관리 책임은 온전히 진가충의 것이 되었다. 그 점은 다소 불안 요소이기는 했다. 가장 중요한 파주에 S급 랭커 둘을 파견하기는 했지만 이 정도로 완벽한 조치가 되었다고는 생각하기 힘들었다.

더불어 논산의 차원 균열은 비록 낡은 탓에 어보미네이션 생산을 중지해 둔 곳이긴 했지만 그래도 중요도가 꽤 높은 곳이었다. 다른 두 곳은 상대적으로 중요도도 떨어져서 큰 타격이 아니었지만 그게 위안거리가 되지는 않았다.

이런 상황에서 자신이 어떻게 움직여야 할까.

그는 전화기를 들어올렸다. 신호가 두 번 가고, 상대는 바로 전화를 받았다.

—예, 사장님.

"거기 인원 비나?"

—비우려면 얼마든지 비울 수 있습니다만 그렇게 되면 도련님의 건에 다소 일정 연기가 불가피해집니다.

"도련님? 아, 그렇군. 내가 그쪽에 현우를 되살리라고 했었지. 지금까지 잊고 있었어. 일정 연기가 가능한가? 아니, 가능한 거니까 내게 말했겠군. 연기하게. 그보다 해줘야 할 일이 있어."

─…알겠습니다, 사장님. 말씀하시죠.

전화 너머 상대의 대답이 1초 정도 늦긴 했지만 진가충은 굳이 성을 내지는 않았다.

"차원 진동기는 몇 기나 남았나?"

─지금 가용 가능한 차원 진동기는 3기입니다. 동결해 둔 2기도 간단한 메인터넌스를 마치면 바로 추가로 투입할 수 있습니다.

상대의 대답에 진가충은 얼굴을 찌푸렸다.

"뭐야, 6대 아니었나?"

─지난번에 회수한 1기는 완전히 회생 불가로 폐기 처분했습니다.

"아, 맞다. 그랬지……. 기어 나온 빅 마우스가 파괴했다고 했던가."

그는 간신히 지난번의 보고 내용을 떠올렸다. 상세한 내용은 잘 기억해 내지 못했지만 바로 상대편에서 설명해 주었다.

─예, 용산에 배치했던 1기가 파괴되고, 열렸던 차원 균열은 닫혔습니다. 기어 나온 빅 마우스는 오연화라는 TA 소속

의 S급 랭커 어벤저가 처치했다고 합니다.

"차원 균열이 닫힌 건… 안정화되기 전에 그 S급이 빅 마우스를 처치했기 때문이겠군."

—그렇습니다.

쯧, 하고 진가충은 혀를 찼다. 아무리 독점법을 피해가기 위해 필요한 존재라고는 하지만 TA가 자꾸 걸림돌이 되는 게 거슬리긴 했다.

"가동 가능한 기체들을 옮길 준비를 해주게. 어벤저들을 파견해 주지. 그리고 연구원들은 동결된 차원 진동기를 해동시키는 데 투입하게."

—알겠습니다.

진가충은 전화를 끊었다.

그러고는 몇 군데 전화를 더 넣어 차원 진동기를 설치할 곳을 지정한 그는 그제야 한숨을 내쉬었다.

그가 떠올린 해결책이라는 건 몇 군데 추가로 차원 균열을 여는 것이었다. 만약 그 강철 가면을 쓴 웃긴 놈이 날뛰더라도 새 차원 균열을 확보했다며 어떻게든 무마할 수 있으리라는 계산이 깔려 있었다.

더불어 지난번에 열지 못한 용산 차원 균열을 열어서 주변의 주민들을 대피시키고 그 지역 부동산을 저렴하게 매입할 계산도 깔려 있었다. 21세기도 사분지 일이나 지나갔는데 전자 제품 직매장이라는 시대착오적인 존재인 전자 상가를 싹 밀어버릴 수 있다면 WF의 유통망은 한층 더 그 입지를 단단히 굳힐 수 있을 것이다.

"일석삼조란 이런 것이지."

그는 흡족한 미소를 짓고 의자에 몸을 파묻었다. 한결 걱정을 덜었더니 또 다른 생각이 났다.

"개가 똥을 끊지."

결국 그는 오늘도 캐비닛으로 향했다. 그가 직접 파견한 B급 어벤저들이 빨리 이지희를 잡아왔으면 좋겠다는 생각을 하며.

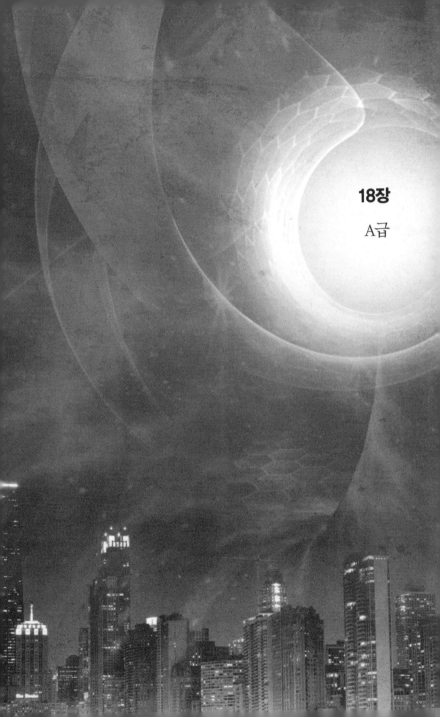

18장

A급

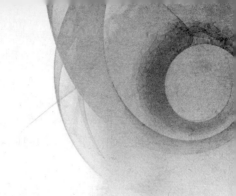

금요일이다.

최재철은 입사 첫 주치고는 꽤 바쁜 일주일을 보낸 것 같다고 생각했다. 왼쪽, 오른쪽 분간도 제대로 못 했던 첫 회사 생활 때보다도 더.

'그땐 욕먹느라 바빴지.'

그때를 미소 지으며 회상하긴 불가능했다.

"레펠 장비의 생산에는 시간이 꽤 걸릴 모양이더군요. 대장간에서 손으로 두들겨 만들 필요가 있으니 어쩔 수 없죠. 그래도 주말 동안 밤새서 만들어줄 모양이니 월요일까지 기다려 보죠."

현오준의 말에 최재철은 악몽을 다시 떠올려야 했다. 갑이 이렇게 말하면 을은 주말에 야근한다. 이게 한국 사회의 현실이다.

"어쨌든 어제는 제 독단으로 인해 꽤 하드한 일정을 보내고 말았으니 오늘은 휴식을 취하기로 하죠."

"휴식이요?"

의외의 말이었다. 어제만 해도 오늘 출근하자마자 바로 북한산으로 날아갈 기세였는데, 휴식이라니. 하지만 이것도 현오준의 의지는 아닌 모양이었다. 잠깐 침묵하던 현오준은 곧 사실을 털어놓았다.

"…사실은 사측에서 팀 인원을 충원시켜 주겠다고 해서 그 면접에 가야 해요."

"면접입니까."

"네, A급 어벤저들이 꽤 참여하는 모양입니다만……."

그건 좋은 일일 텐데도 불구하고 현오준은 그다지 내키지 않는 표정이었다.

"제 개인적인 입장을 말하자면 팀에 추가 인원을 들일 생각은 없습니다. 지금 인원으로도 밸런스가 잘 맞는 편이고, 굳이 새 인원을 뽑아서 팀워크를 훼손시킬 생각은 없습니다. 결원이 생긴다면 또 모를까."

현오준은 그렇게 자신의 생각을 밝혔다. 그럼 소신껏 움직이면 될 텐데, 그의 표정은 여전히 어두웠다.

"하지만 윗선에서는… 억지로라도 인원을 추가로 배치시킬 의향이더군요. 아무래도 낙하산을 생각하고 있는 것 같아요."

낙하산이라. 외국계 회사도 사람이 굴리는 곳이라 생각하는 게 비슷한 것 같았다.

하기야 누가 봐도 성공적인 프로젝트. 이미 한 번 크게 성공하기는 했지만 지금이라도 한 숟가락 얹어보고 싶은 게 인지상정이긴 할 터이다.

"최재철 씨."

"네."

"사실을 말씀드리자면… 인원을 충원하지 않을 거라면 차라리 C급 인원을 빼고 A급을 충원하라는 압력이 내려오고 있습니다."

팀원들의 라이센스 랭크만 보자면 C급은 최재철 딱 하나. 윗선에서는 데이터상으로 만만한 C급 정도는 언제든 잘라 버릴 수 있는 존재로 보는 모양이었다.

"그래서 부탁이 하나 있습니다만."

현오준이 할 부탁이란 건 꽤 뻔했다. 그래서 최재철은 선수를 쳤다.

"B급이면 됩니까?"

"A급으로 부탁합니다."

"알겠습니다."

최재철의 대답에 현오준은 잠시 멍하니 그를 쳐다보았다.

"알겠다니……. 정말입니까?"

"팀장님이 부탁하셔서 놓고 무슨 말씀을 그렇게 하십니까?"

"아예 S급은 어떻습니까?"

"그건 안 됩니다."

"정말 안 됩니까?"

"안 됩니다."

"아쉽네요."

현오준은 웃었다.

"…지금 무슨 대화가 오간 건가요?"

구문효가 어리둥절한 채 물었다.

"그건 비밀입니다."

현오준이 의미심장한 미소와 함께 대꾸했다.

*   *   *

오전 사이, 최재철은 본사의 어벤저 라이센스 평가실로 향
했다.

그리고 평가실에서 나왔을 때, 그는 A급 어벤저가 되었다.

휴대폰으로 해당 사실을 현오준에게 보고하자 별로 놀라지도 않은 듯 '알겠습니다. 수고하셨습니다. 감사합니다'라는 답문이 날아왔다.

"후."

최재철은 픽 웃었다.

적어도 라이센스 랭크 문제로 팀에서 제외되는 일은 없게 될 터였다.

아무리 그래도 입사 닷새 만에 C급이 A급으로 성장해 버리는 건 다소 특이하게 보일 수는 있겠지만, 10대 초중반의 나이로 S급이 된 오연화에 비하자면 이 정돈 별로 부자연스러울 것도 없었다.

"A급을 달았다는 게 정말이에요?"

그 오연화가 눈을 휘둥그레 뜨고 자신을 쳐다보는 게 최재철의 입장에서는 어이가 없었다.

"그렇다만."

"세상에."

"전 놀랍지 않아요."

이지희가 싱긋 웃으며 말했다.

"스승님이 언제든 A급을 달 수 있으실 거라고 전 줄곧 생각해 왔어요."

"아니, A급이란 게 그렇게 쉽게 달 수 있는 건 아닐 텐데."

오연화가 어이없다는 듯 말했다. 그녀의 말에 최재철의 입장에서는 진짜 어이가 없었다. 말할 것도 없이 눈앞의 오연화는 S급이다. 그러던 최재철은 문득 뭔가를 떠올렸다.

"아, 그렇지. 지희야."

"네, 스승님."

"너도 라이센스 평가실 좀 다녀올래?"

"네? 제가요?"

"응."

"알겠습니다."

30분 후, 이지희도 A급이 되어 있었다.

최재철의 예상대로였다. 그녀는 이 일주일간 꽤 강해져 있었다. 원래 강했던 차원력을 좀 더 효율적으로 끌어낼 수 있게 되었으니, 자연스럽게 차원력을 방출한다면 A급 판정을 받는 것도 별로 어렵진 않았을 거라고 생각했다.

"저도 스승님의! 가르침을 받아서 성장한 거로군요!"

이지희는 뛸 듯이 기뻐하며 보고해 왔다. '스승님의!' 부분을 특히 강조하면서 오연화를 내려다보듯 시선을 던지는 게 대단히 거북했다.

"걔 S급이야, 지희야……."

"랭크가 중요한 게 아니에요, 스승님."

최재철의 지적에도 이지희는 여전히 미소를 띤 채였다.

"제가 스승님의! 가르침으로 C급에서 A급까지 성장한 게 중요한 거죠."

"저도 다시 라이센스 평가 받고 올래요!"

오연화가 어째선지 씩씩대기 시작했다.

"연화야, 넌 S급이라서 더 이상 올라갈 곳도 없을 텐데?"

"C급으로 떨어뜨린 다음에 다시 S급 달 거예요!"

"그러지 마라, 연화야. 그 행위에 대체 무슨 의미가 있겠니."

최재철은 오연화를 간신히 만류했다. 그리고 화제도 돌릴 겸, 최재철은 오연화에게 이런 질문을 던져보았다.

"아, 맞다. 연화야, 그리고 보니 S급은 어떻게 얻는 거야?"

"S급이요? 선생님이라면 충분히 얻으실 수 있을 것 같으신데요."

오연화는 아무렇지도 않게 그런 말을 꺼냈다. 화제 전환에는 성공했지만 최재철이 듣고 싶은 대답은 그게 아니었다.

"하지만 평가장에서 발급해 주는 건 아닌 것 같던데."

"네. S급은 처음에는 다룰 수 있는 능력의 종류와 강도로 결정했는데 지금은 달라졌어요."

"달라지다니?"

"원래는 S급이라는 게 어벤저 네트워크에서 사람들끼리 떠들면서 자기들 멋대로 줄 세우기를 한 끝에 만들어진 거거든요. 저는 보기 드문 염동력 능력자라 꽤 유명한 편이어서 15위에 랭크 시켜준 거구요."

과연, 이 방법이라면 사람들의 구설수에 오른 강력한 어벤저들을 위주로 랭커가 구성될 법도 했다. 실제 실력과는 상관없이 매겨질 가능성이 높긴 했지만 그렇다고 모든 어벤저에게 분석 스킬을 날릴 게 아니라면 그나마 좀 객관적인 방법이기는 했다.

"헤에, 그렇군. 그럼 지금은 달라졌다는 건 뭐지?"

"그때와는 달리 어벤저 협회라는 게 생겨서 거기서 지정하는 조건을 맞춰야 해요."

어벤저 협회라는 게 튀어나왔다.

처음 듣는 단어였다. 아무래도 C급이 접할 수 없는 부류의 정보인 것 같았다. 계속 설명하라는 최재철의 손짓에 오연화는 이야기를 이었다.

"이 협회라는 게 국가가 지정한 기관은 아니라서 여전히 비공식이긴 하지만 기존의 S급으로 꼽혔던 사람들에게도 S급 랭커 라이센스를 주고 체계를 만들어서 암묵적으로 인정받는 분위기예요."

"암묵적이라."

하지만 실제로 공공연히 거론되기도 하고, 어벤저들 사이에서는 인정도 받는 게 S급 랭커다. 그 협회란 집단이 본능적으로 마음에 안 들었지만 최재철은 일단 넘어가기로 했다. 그보다는 정보다. S급이 접촉할 수 있는 네트워크의 정보.

"그 조건이라는 게 뭐지?"

"가장 먼저 충족시켜야 할 건 일정 횟수 이상의 B급보다 높은 랭크의 작전 임무 수행과 S급 랭크 임무에의 참여 여부고요, 어보미네이션 매각금 총액이 그 다음으로 꼽혀요."

또 생소한 개념이 나왔다. 최재철 본인은 어벤저 네트워크를 꽤 구석구석 뒤졌다고 생각했는데 그런 정보는 없었다. 아무래도 어벤저 네트워크는 랭크에 따라 정보를 상당히 폐쇄적으로 관리하고 있는 것 같았다.

"임무에 랭크란 게 있었나?"

"네. 헬필드 안에 들어가서 수행하는 임무들은 기본적으로 다 B급 이상으로 판정돼요. 뭐, C급을 데리고 들어가는 경우도 있지만 그건 보통 신체 강화 능력자를 디코이로 쓰는 경우죠. C급이 수행할 수 있는 몇 안 되는 B급 임무가 되겠네요."

"나처럼 말이군."

"네?"

"응?"

오연화는 눈을 크게 끔벅거리며 최재철을 올려보고 있었다. 그 표정이 꽤 귀여워서 그는 한번 오연화의 머리 위에 손을 얹으려다가 바로 치웠다.

'그러고 보니 여자애들은 머리 모양을 망가뜨리는 걸 싫어 했었지.'

그런 생각을 문득 떠올렸기 때문이었다. 하지만 오연화는 어째선지 아쉽다는 표정을 짓고 있었다.

그거야 뭐, 어쨌든.

"S급 랭크의 임무란 게 있어?"

"네. 차원 균열 탐사가 그거예요. 원래는 사실상 미군과 WF 소속 외에는 충족시키지 못하는 조건이죠. 이제는 TA에서도 채울 수 있게 됐지만요."

"어제부로 말이지."

"네, 어제부로!"

오연화는 의미심장하게 웃는 최재철과 마주 웃었다.

"아, 또 궁금한 게 있었다. S급 1위는 누구야?"

"지금은 행방불명된 프라이머리 어벤저가 S급 1위로 꼽혀요."

"행불자도 랭커에 들어 있는 건가……."

"일종의 영구결번이죠. 어쨌든 인류 최초의 어벤저니까요."

'과연, 기념 같은 건가.'

납득 못 할 건 아니었다. 어차피 비공식이기도 하고.

"오늘은 네가 날 많이 가르치는구나. 선생님이라고 불러줄 까?"

"네!"

최재철의 장난이 약간 섞인 제안을 오연화는 덥석 물었다. 그렇다면 어쩔 수 없지. 최재철은 순순히 오연화를 선생님이라 불러주기로 했다.

"선생님."

"⋯으아, 이거 부끄럽네요."

아무렇지도 않았던 얼굴이 점점 달아오르더니 새빨개진 얼굴로 최재철의 시선을 피하는 오연화를 바라보며 그는 그냥 애가 왜 이러나, 하는 생각만 했다.

그러다 문득 옆을 보니 이지희가 굉장히 삐친 표정을 짓고 있었다. 이지희는 입을 우물거리다 최재철의 눈치를 보며 슬쩍 입을 열었다.

"저도⋯⋯."

"아니, 왜?"

"아, 아무것도 아니에요!"

현오준이 돌아올 때까지, 그들은 그런 잡담을 나누며 시간을 보냈다.

"내가 꼴찌⋯⋯. 이 팀에서 내가 제일⋯⋯."

어째선지 그런 소릴 우물거리며 구석에 처박힌 구문효는 내버려 둔 채.

　　　　*　　　　　*　　　　　*

　면접은 한 시간 정도로 끝날 것이란 말이 무색하게, 간부 회의에 끌려가 다섯 시간만에 돌아온 현오준은 완전히 진이 빠진 기색이었다.

　"최재철 씨가 적절한 타이밍에 라이센스를 갱신시켜 주신 덕분에 팀의 재구성만큼은 어떻게든 피하도록 설득은 했습니다만 앞으로 좀 귀찮아질지도 모르겠군요."

　"귀찮아지다니요?"

　"윗선에서는 저희 팀 외에도 차원 균열 진입 팀을 따로 만들 생각입니다. 자리를 하나 만드는 것보다는 다섯 개를 만드는 게 편하니까요. 업무 공조를 요구당할 일도 앞으로는 많아질지도 모르겠습니다."

　최재철의 물음에 대답한 현오준은 한숨을 푹 내쉬었다.

　"이런 회의로 하루를 날려먹은 데다, 앞으로도 이럴 걸 생각하니 저절로 우울해지는군요."

　"뭐, 차원 균열이 어디 도망가는 건 아니잖습니까."

　최재철은 팀장을 그렇게 위로했지만 현오준은 정색했다.

　"아뇨, 차원 균열은 도망갑니다. 오늘 뉴스 보셨잖습니까."

　"아, WF 측의 차원 균열이 세 개나 닫혔다는 뉴스. 저도 봤어요."

축 쳐져 있던 구문효는 갑자기 흥미가 돋은 듯 고개를 들며 알은척을 했다. 최재철은 슬쩍 고개를 피해 모르는 척을 한 것과는 대조적이었다.

"갑작스러운 차원 균열의 폐쇄는 끔찍한 사고나 다름없으니까요. 프라이머리 어벤저도 그 사고로 행방불명됐고."

"우리한테도 일어날 수 있는 일입니다. …그리고 이제부터 조직될 새 팀에게도."

구문효의 말을 받아서 현오준이 그렇게 말하곤 또 한숨을 푹 내쉬었다.

"성공하고 있는 동안에는 괜찮습니다만 또 참사가 벌어진다면 저희 프로젝트도 멈출 수 있으니까요. 영향이 없을 수는 없죠. 물론 반대의 경우도 있을 수는 있겠습니다만……"

현오준의 말에 덜컥 걱정이 된 건지 근심이 찬 표정으로 구문효가 현오준에게 물었다.

"차원 균열이 닫히는 원인 같은 게 밝혀지지는 않았나요?"

"WF 측에서는 알고 있는 모양입니다만 공개를 하지는 않으니 저희로서는 알 도리가 없죠. 일급 기밀로 취급하고 있어서 정부에게조차 알리지 않았다고 합니다."

"그럼 저희로서도 그냥 조심하는 수밖에 없겠네요."

"그렇죠, 뭐."

구문효의 말에 대꾸하면서 현오준은 의자 속에 몸을 파묻었다.

"어쨌든 오늘 작전에 대해서는 허가가 떨어지지 않았으니 이대로 퇴근들 하시죠."

오후 3시. 조기 퇴근이라고 하기에도 조금 이른 시각이지만 어차피 어벤저는 임무나 훈련이 아니면 출근조차 할 필요가 없는 직업이다.

그래도 평소 같으면 의욕에 가득 차서 6시까지 훈련을 실시할 현오준이 그냥 조기 퇴근을 선택하는 걸 보니 오늘 일로 꽤나 정신적인 피로가 쌓인 것 같았다.

*   *   *

"갑자기 자유 시간이 생겨 버렸군."

"선생님! 같이 놀아요!!"

회사 건물에서 나온 최재철에게 오연화가 강아지처럼 엉겨붙었다. 아직 어려서 그런지 신체 접촉에 거리낌이 없었다. 최재철의 허리를 붙잡고 늘어지는 오연화의 모습을 이지희가 부러움을 담은 시선으로 바라보고 있었다.

'이걸 어떻게 거절한다.'

그런 생각을 하던 최재철은 문득 자신이 굳이 거절을 할 필요가 없다는 사실을 깨달았다.

"매일 하는 것도 없이 선생님 소리 듣는 것도 좀 부담스러웠는데, 좋아."

"네?"

최재철의 나직한 혼잣말에 신나서 폴짝폴짝 뛰고 있던 오연화의 몸짓이 굳었다.

"놀아주마, 연화야."

"…놀이라는 이름의 훈련… 말이죠?"

"이 선생님은 눈치가 빠른 학생이 좋구나."

씨익 웃는 최재철을 보며 오연화가 살짝 그에게서 떨어지더니 어색하게 웃었다.

"혀, 형!"

그때였다. 무슨 생각을 하는 건지 멍한 표정으로 일행과는 약간 거리를 두고 천천히 걸어오던 구문효가 갑자기 큰 목소리로 최재철을 불렀다. 최재철이 멈춰 서서 뒤돌아보자 구문효는 얼른 뛰어와서 다시 외쳤다.

"아니, 사형!"

"사형?"

"네, 사형!"

구문효는 단단히 마음먹은 듯, 더 이상 더듬거나 망설이지 않았다.

"제게도 가르침을 주십시오!"

최재철과 이지희가 라이센스를 갱신해서 자신보다 높은 랭크를 받은 것이 자극이 된 모양이었다. 그것도 그 자극이 질투나 경쟁심이 아니라 향학심, 배우고자 하는 마음으로 번진 게 무엇보다도 좋았다.

최재철의 입장에서는 듣던 중 반가운 소리였다. 그러나 여기에서 덥석 제안을 물면 도리어 안 좋은 결과로 이어질 수도 있으니 그는 한 번 튕겨보기로 했다.

"네가 무협 소설을 너무 많이 본 모양이구나, 문효야. 아니, 너무 적게 본 건가? 사형은 같은 제자 항렬이란다."

"사부!"

눈치도 빠르고 머리 회전도 빠른 구문효는 바로 호칭을 수정했다. 대단히 흡족했다.

"그래, 좋다. 네가 가르침을 받고자 하는데 내가 어찌 내치겠느냐. 따라오거라."

"선생님, 말투가 갑자기 나이 먹은 것 같아요."

옆에서 듣고 있던 오연화가 일침을 놓았다.

"아니, 이런 것도 분위기니까."

최재철은 머쓱하게 변명했다.

"그냥 지금까지처럼 형이라고 불러, 문효야. 뭐, 내가 가르칠 게 있겠냐만, 내가 아는 것 정도는 알려줄 테니까."

"고마워요, 형!"

문효가 밝게 웃었다.

'이 녀석, 정말로 귀여운데.'

최재철은 그의 머리를 한 번 쓰다듬어 헝클어주었다.

"자, 가자! 그런데 어디 가지?"

"그냥 회사 체육관 쓰면 되지 않을까요? 훈련할 거라 면……."

"아니, 기껏 조기 퇴근 했는데 회사로 돌아가는 것도 좀 그 래서……."

"우와, 정말로 훈련할 거예요? 퇴근했는데?"

최재철과 구문효의 대화를 듣고 있던 오연화가 질린 얼굴로 말했다.

"싫으면 돌아가거라!"

"안 갈 거예요!"

최재철의 말에 오연화는 혀를 쭉 내밀며 대꾸했다.

"지희는? 어떻게 할래?"

"저도 더 강해지고 싶어요. 강해지고 싶은 마음이 있어요. 애초에 강해지고 싶어서 스승님을 섬기게 된 거니까요. 그러 니까……."

"알았어, 너무 거창하게 말하지 마. 훈련 같이할 거지?"

"네."

그렇게 그들의 오후 스케줄이 결정되었다.

　　　　　*　　　　*　　　　*

"그래서 회사로 다시 돌아오게 된 거로군요."

현오준이 말했다. 그렇다. 최재철 일행은 회사 훈련실에 와 있었다. 사방이 다 남의 땅인 서울에 마땅히 어벤저 훈련을 할 곳이 없었으니 어쩔 수 없었다.

"팀장님이야말로 혼자서 뭐 하고 계세요?"

"개인 훈련입니다만."

구문효의 질문에 현오준은 뚱하니 대답했다.

"와, 치사하게 혼자 강해지려고."

"그러는 여러분은 저만 따돌리고 강해지려고 하신 거 아닙니까."

자신을 제외한 팀원 네 명이 단체 행동을 하는 것에 삐치기라도 한 듯, 현오준은 지금까지의 이미지와는 달리 불퉁한 목소리를 냈다. 그러다 문득 정신을 차렸는지 크흠, 하고 한 번 헛기침을 한 후, 말투를 바꿔 다시 말했다.

"팀장으로서 여러분이 자체적으로 훈련하려는 태도는 높이 살 수밖에 없습니다. 제게도 기쁜 일이로군요."

"말하는 거하고 표정하고 다른데요, 팀장님……."

구문효가 사정없이 찔러 박은 말의 창에 현오준은 결국 말문이 막히고 말았다.

"아무튼 좋습니다. 이렇게 된 이상 저도 최재철 씨를 스승님이라 부르도록 하죠. 어떻게 하면 그렇게 빨리 강해질 수 있는지 알려주십시오. 제게도 …제발."

현오준의 목소리는 어디까지나 진지했다. 물론 표정도, 태도도. 필요하다면 무릎이라도 꿇을 기세였다. 그도 최재철이 정말로 A급 라이센스를 받아오자 나름 충격을 받은 것 같았다.

삽시간에 진지해진 분위기에 훈련장은 침묵에 싸였다. 그 침묵을 깬 게 바로 이지희였다.

"스승님이라는 호칭은 제 거라서 안 돼요, 팀장님."

"후."

이지희의 재미있는 발언에 최재철은 자기도 모르게 미소 짓고 말았다.

"스승님이라고 부르실 필요는 없습니다. 그건 지희 거 같으니까요."

"…그럼 선생님이라고 부를까요?"

"그건 내 거예요."

오연화의 부루퉁한 발언에 결국 다 같이 웃고 말았다.

"제가 가르쳐 드릴 수 있는 거라면 가르쳐 드리겠습니다. 라이벌 팀도 생긴 거 같으니 팀 전체가 강해지는 게 중요할 것 같고. 뭐… 정보를 공유하는 모임인 셈 치지요."

"감사합니다, …최재철 씨."

"네, 그렇게 부르시면 됩니다."

다시 한 번 다 같이 웃은 후, 그들은 훈련을 시작했다.

*　　　　*　　　　*

김현직은 이지희의 방 안에 있었다. 그것도 이틀째.

연예 기획사의 실장으로서의 일도, 사장으로서의 일도 하지 못한 채, 자신의 방도 아닌 여자의 방에서 그는 만 하루라는 시간을 보내고 있었다.

이지희는 집에 돌아오고 있질 않았다. 연예인이라는 애가 외박을 하다니. 이러다 스캔들이라도 생기면 큰일인데. 이제는 그가 이지희의 담당이 아님에도, 이지희가 연예인이 아닌데도, 할 필요도 없는 걱정을 하며 김현직은 현실도피를 하고 있었다.

이지희의 귀갓길에 잠복 중인 어벤저들에게서는 연락이 없었다. 김현직은 그저 방치된 채일 뿐이었다.

'어쩌다 이렇게 된 거지?'

지금 와서 해봐야 소용없는 생각을 그는 다시 했다. 이 생각을 머리에서 쫓아내기 위해 그는 다시 현실도피성의 생각을 일부러 하려고 노력했지만 그게 쉽지는 않았다.

애초에 이 회사에 취직한 것부터가 잘못인 것 같았다. 사장이 아무렇지도 않게 소속 직원과 아이돌에게 손찌검을 하는 회사가 정상적으로, 상식적으로 돌아갈 리가 없지 않은가. 그걸 확인한 시점에서 퇴사를 했어야 했다. 하지만 김현직 본인조차도 사장에게 구타당하면서 이 회사에 남은 게 결정적인 잘못 같았다.

ㅡ이 회사를 자네에게 주지.

전화 너머의 목소리는 자신에게 그렇게 말했다. 그렇게 말할 수 있는 인물은 한 명뿐이었다.

개판으로 돌아가긴 하지만 그나마 주식회사인 이 회사의 대주주이자 실질적인 주인인 진가충은 이사들 전원에게 입김을 불어넣고 이 회사의 모든 것을 좌지우지할 수 있는 인물이다.

어제 딱 사장이 되었다는 소식이 그의 추측을 확신으로 바꿔놓고 있었다. 그가 아는 한 어제 사장이 된 건 진가충뿐이었다.

진가충이라는 인물은 뒷소문이 그리 좋지는 않았다. 부패하고, 탐욕스럽고, 무능력하지만 그저 혈연 하나로 부사장까지 오른 인물. 아니, 어제부로 사장까지 되었으니 이것도 나름 입지전적이라 해도 좋으리라.

'입지전적… 뜻이 뭐더라.'

휴대폰으로 단어의 뜻을 검색하려다 문득 김현직은 그냥 손에 든 것들을 전부 다 내팽개치고 그 자리에 주저앉아 무릎 사이에 얼굴을 묻었다.

실제로 사장이 행방불명된 걸 그는 알고 있었다. 진가충은 어제부로 사장이 없어졌다고 말했다. 그게 무슨 뜻일까. 생각하고 싶지 않았다. 어쨌든 결론은 그는 이미 이 일에서 손을 뗄 수 없다는 것뿐이었다.

절망적이었다.

"어쩌다 이렇게 된 거지……."

몇 번이고 생각한 것을 이번에는 입 밖에 내어 말했다. 그러자 그의 마음속에 자리 잡고 있던 어둠이 더욱 커지는 것 같았다. 위장이 지글지글 타고 있는 것 같았다. 아무리 한숨을 내쉬어도 가슴이 답답했다. 미칠 것만 같았다.

그는 지금 궁지에 몰려 있었다.

[힘이 필요한가.]

목소리가 들린 건 그때였다. 마법의 목소리. 듣기만 해도 가슴속에 희망이 차오를 것만 같은, 그것이 유일한 구명줄인 것만 같은 목소리.

[힘이 필요하다면 주겠다.]

"뭐?"

[고개만 끄덕여라. 힘이 필요하다면 주겠다.]

"하."

김현직은 짧게 웃었다. 고개를 끄덕이지 않을 수 없는 달콤한 제안이었다.

그런데 달콤한 것 중에 제대로 된 게 없었다. 사탕을 빨아 봤자 뱃살만 늘어나지, 뭐 좋은 게 없지 않은가.

윌 스미스가 말했다. 세상에서 가장 위험한 물질은 설탕이라고. 학자들은 중독 물질이라고도 하지 않는가.

[힘이 필요한가.]

그가 그런 식으로 현실도피적인 생각에 사로잡혀 있으니, 목소리는 다시 같은 말만 되풀이하고 있었다.

[힘이 필요하다면 주겠다.]

잘 들어보니 아까부터 기계적으로 같은 말만 반복하고 있을 뿐이었다.

이딴 존재를 믿을 수 있을 리가 없지 않은가. 그럼 그렇지. 그렇게 달콤한 이야기가 있겠는가.

그에겐 여전히 절망뿐이었다.

"그래서 나한테 어떤 힘을 준다는 거지?"

대화가 통할지는 모르겠지만, 어차피 달리 할 일도 없었기에 그는 그런 질문을 던졌다. 그러자 대답이 돌아왔다.

[네가 원하는 힘을 주겠다.]

"허."

조금쯤은 재미있어진 것 같다, 고 김현직은 생각했다.

"그 대가는? 설마 공짜는 아닐 테지?"

[네가 원하는 만큼의 대가를 지불하면 된다.]

"하핫."

그런 말도 안 되는 소리가 또 어디 있겠는가? 김현직은 목소리의 주인을 비웃었다.

그는 만약 자신이 지불해야 할 대가에 대해 묻지 않았다면 어떻게 되었을지 몰랐다. 만약 묻지 않고 곧장 고개를 끄덕였더라면, 지금 자신과 대화 중인 목소리의 주인인 최하급 계약마가 그의 모든 것을 집어삼켰으리라.

대가에 대해 묻는 것. 이것이 최하급 계약마와의 대화에서 가장 중요한 사실이라는 것을 그는 몰랐다.

그런 점에서 그는 운이 좋았다.

"그럼 내가 머리카락을 대가로 주겠다고 한다면?"

[네가 원하는 만큼의 대가를 지불하면 된다.]

기계적인 답변이 돌아왔다.

'오, 그렇다면……'

김현직은 머리카락을 대가로 지불하고 뭔가를 얻어낼 생각을 잠깐 했다. 하지만 곧 멈칫했다. 끔찍한 상상이 떠오르고 말았기 때문이다.

'머리카락 한 터럭이 아니라 전부를 가져가면 어떻게 하지?'

역시 머리카락은 안 되겠다. 김현직은 결론을 내렸다. 그렇게 생각한 자신이 웃겨서 웃음이 픽픽 새어 나왔다.

'허, 나도 참. 얻을 힘보다는 낼 대가를 먼저 생각하다니.'

하긴, 힘을 얻을 수 있다고 정해진 것도 아니고, 대가를 치러야 한다고 정해진 것도 아니다. 이 이상한 현상은 그냥 한낱 해프닝으로 끝날 수도 있었다.

'뭐, 그래도 꿈이라도 꿔볼까.'

그는 자신이 원하는 슈퍼 파워에 대해 망상하기 시작했다.

[힘이 필요한가.]

대답을 안 했더니, 목소리는 다시 처음에 했던 말을 되풀이하기 시작했다. 그런데 목소리가 조금씩 작아져 가고 있었다. 지지직거리는 노이즈도 끼기 시작했고, 처음 들었을 때와 달리 달콤하게 느껴지지도 않았다.

그렇게 가만히 있으려니, 곧 목소리는 들리지 않게 되었다.

"…뭐야, 사람 설레게 해놓고 그냥 없어진 거야?"

김현직은 피식 웃었다. 어째 좀 안도가 되기도 했다. 이젠 이 목소리 때문에 이상한 일이 벌어지지 않을 테니 말이다.

이로써 그는 어벤저가 될 기회를 영영 잃어버렸다는 걸 알 리 없으니, 웃을 법도 했다.

갑자기 전화기가 울렸다. 그는 그 자리에서 펄떡 뛰어올랐다. 이 전화기 소리가 방금 전의 이상한 목소리보다 그를 훨씬 놀라게 했다. 이 전화를 받으면 파멸할지도 모른다. 그럼에도 불구하고 그는 전화를 받을 수밖에 없었다.

*   *   *

오후 6시까지의 훈련을 마치고, 현오준 팀의 면면은 퇴근 준비를 했다. 현오준과 구문효는 자발적인 야근을 택했다. 오늘 최재철이 강의한 내용을 완전히 몸에 새긴 후에나 퇴근할 것이라고 말하며.

그래서 오늘의 퇴근길 멤버는 최재철, 이지희, 오연화, 이렇게 셋이다.

"사흘 만에 집에 가게 되네. 뭐, 집에 간다고 해도 기다리는 사람도 없지만."

"언니, 그냥 오늘도 우리 집에서 자고 가면 안 돼?"

이지희의 혼잣말을 들은 오연화가 미련이 남은 듯 이지희에게 말했다. 그 말을 들은 이지희가 쾌활하게 웃었다.

"네가 우리 집에서 자고 가는 게 어때?"

"어, 그래도 돼?"

반쯤은 농담으로 한 말을 진지하게 받아들이는 걸 보니, 오연화도 혼자 사는 것에 질려 버린 모양이었다.

"그러고 보니 둘이 말은 언제 텄어?"

"어젯밤에요."

최재철의 질문에 이지희가 대답했다.

"좋아, 자고 갈래. 어차피 토요일이라서 출근도 안 하는데."

생각에 잠겨 있던 오연화가 그렇게 결론을 내렸다.

"아, 맞다, 언니. 언니 집에 컴퓨터 두 대야? 게임해야 되는데."

"요즘 누가 컴퓨터 게임을 해. 나도 컴퓨터도 없어."

"어제 언니도 재밌게 했으면서. 노트북 사갖고 가야겠다. 마침 용산도 가까우니."

무슨 집에 가는 길에 라면이라도 사갖고 가는 것 같은 가벼운 말투로 오연화가 말했다. 하긴, 그녀는 어제 20억을 벌었다. 노트북이야 껌 사는 기분으로 가볍게 살 수 있었다.

"언니 것도 사줄까?"

"나도 돈 있네요."

"어, 언니가 언니 돈으로 컴퓨터 사게?"

"너랑 놀려면 사야겠지?"

"감동이야, 언니! 근데 언니 집에 모니터는 있어?"

"없어."

"프로젝터 써야겠네. 선생님, 용산 좀 들러도 돼요?"

"그래. 흠, 이참에 나도 노트북 한 대 장만해야겠다."

어차피 대부분의 일은 모바일로 해결할 수 있는 시대긴 하지만, 최재철 본인도 알맹이는 20세기 출생자라 집에 컴퓨터가 없다는 게 다소 불편했다.

'가만, 집에 인터넷이 들어올까 모르겠네.'

지금 사는 집이 워낙 옛날 집인데다 원래 TV도 없던 집이라 인터넷 설치 같은 건 하지도 않았을 터였다.

'에이, 휴대폰 물려서 쓰면 되지.'

이미 그는 노트북을 사기로 마음을 먹었다.

"그래, 가자."

그들은 용산 전자 상가 쪽으로 발걸음을 옮겼다.

*　　　*　　　*

발걸음을 옮겼다고는 해도 그들이 정말로 도보로 용산으로 향한 것은 아니었다. 그들은 오연화가 부른 콜택시에 탑승해 이동하고 있었다.

"잠깐만요. 여기서 조금 세워주세요."

한창 이동 중이던 때, 최재철이 갑자기 말했다. 택시 기사는 그 말에 놀라 브레이크를 밟았다. 간신히 급브레이크가 아닌 수준이었다.

"용산까지 가시는 거 아니었어요?"

기사가 그에게 물었다. 최재철은 대충 둘러대었다.

"갑자기 볼일이 생겨서……."

"저희도 내릴게요, 선생님."

오연화가 의미심장한 시선을 최재철에게 던지며 말했지만 그는 고개를 저었다.

"…아니, 나 혼자서 충분해. 대신 내 노트북도 같이 사다놔 줘. 상가 문 닫겠다."

"아, 그렇지……. 알겠어요. 선생님이라면 별일이야 없겠지만 그래도 조심하세요."

"그래."

최재철은 혼자 택시에서 내렸다.

그가 갑자기 택시에서 내린 이유는 간단하다.

폭발적인 차원력의 방출을 느꼈기 때문이다.

이미 그는 한 번 이런 현상을 경험한 적이 있다.

입사 첫 날, 이지희를 집까지 데려다 줄 때. 그때는 오연화와 함께였지만 지금은 혼자다.

"더 수월하겠군."

최재철은 한 번 싱긋 웃고선 달리기 시작했다.

차원 균열이 열리려는 곳으로.

*　　　　*　　　　*

WF의 A급 어벤저, 추경준은 불쾌했다.

그의 주된 임무는 차원 균열을 여는 것이다. 어떤 의미에서는 재앙의 근원이라고도 할 수 있는 차원 균열을 다루고는 있지만 그는 자신의 임무에 자부심을 갖고 임하는 편이었다.

차원 균열을 인위적으로 열 수 있다는 사실 자체가 극비 중의 극비이므로, 그는 공식적으로는 존재하지 않는 인물이다.

사생활에도 이런저런 제약이 가해지는 대신, 그는 '막대하다'는 표현이 적절할 정도의 돈을 받고 사내에서의 위치도 상당히 높은 편이다. 평범한 어벤저라면 A급의 능력으로는 팀장이 고작일 텐데, 회사에서는 그에게 부장의 지위로 대우해 주고 있었다.

그렇다고 그의 능력에 부족함이 있는 것도 아니었다. 랭크자체는 S급이 아닌 A급에 머물러 있지만, 그건 그가 대외적으로 랭크를 갱신할 수 없기 때문일 뿐이었다.

뭐, 어차피 S급은 정식 라이센스도 아니다. 그 본인은 굳이 딸 필요가 없다고 생각하고 있기도 했다.

이 정도의 인물이다. 그가 지금껏 쌓아온 실적과 그가 그동안 보여준 충성심, 그리고 실력을 생각한다면 누구도 그를 허투로 볼 수는 없었다. 진가규 회장 본인조차 그를 알아보고 그에 대해서 다소 경의를 보일 정도다.

그러나 오늘, 그는 그 WF 회장의 차남에게서 아주 불쾌한 전화를 받아야 했다.

—차원 균열을 열게.

갑작스러운 전화였다. 짧은 인사말도 없었다. 통화를 받자마자 자기 할 말부터 하는 태도가 대단히 마음에 들지 않았다.

—위치는 연구원에게 듣게. 준비는 그쪽에서 알아서 할 테니 가서 그냥 있게. 이번에는 도망치지 말고 차원 균열이 안정화될 때까지 지켜본 후에 철수하게.

치욕적이었다.

가서 그냥 있어라? 이번엔 도망치지 말라?

그 어느 것도 추경준에게 어울리는 말이 아니었다. 말투부터 시작해서 단어 하나하나에 이르기까지 전부 부당한 것들뿐이었다.

WFF의 사장이 유연학에서 진가충으로 교체된 바로 다음 날, 이런 일이 일어나다니.

하지만 상대는 자신의 직속 상사라 할 수 있는 사장이었다. 일단은 상황을 보자. 추경준은 그렇게 판단했다.

"알겠습니다."

—그래.

잘 부탁하게, 수고하게, 이런 말을 원한 건 아니다. 왜냐하면 그런 말은 당연히 덧붙여져야 하는 것이었으니까. 그러나 그는 그런 당연한 말조차 받지 못했다. 전화는 바로 끊겼으므로.

"후……."

그는 긴 한숨을 토해내었다. 힘들게 끊었던 담배를 다시 피우고 싶은 생각이 굴뚝같았다.

힘들어질 것이라는 각오는 했다. 진가충은 개념 없기로 유명한 인간이었다. 부사장 시절에도 자기 낄 곳, 안 낄 곳 못 가리고 월권행위와 직권 남용을 밥 먹듯 하던 인간이었다. 그런 인간이 이제 자신의 관할이 된 곳에 어떤 난장을 칠지는 불을 보듯 뻔했다.

그렇다고는 하지만 첫날부터 이런 꼴을 볼 줄이야.

그의 옆에서 차원 진동기가 덜컹거리며 빛과 진동을 뿜어내고 있었다. 곧 차원 균열이 열리고, 어보미네이션이 튀어나올 터였다. 연구원들은 이미 피신한 지 오래였다. 여기에는 지금 추경준 혼자 있었다.

여기에는 그 혼자로도 충분했다. 그건 맞았다.

하지만 그렇더라도 차원 균열 개방이라는 중요 임무에 어벤저를 한 명만 배치하는 경우는 없었다. 만약의 일이란 항상 일어날 수 있는 법이고, 거기에도 대비할 생각을 하는 게 제대로 된 인간의 사고방식이다. 진가충에게는 그게 없었다.

연구원들의 이야기를 들어보니 오늘만 차원 균열을 세 개나 연다고 한다.

말이 안 됐다. 안 그래도 강철 가면을 쓴 묘한 괴한이 돌아다니며 차원 균열을 닫는 마당에, 모자란 어벤저 병력을 나눠서 차원 균열을 새로 열다니.

지금은 있는 걸 지켜야 할 때였다. 새로 일을 벌일 때가 아니었다. 그게 상식이었다. 진가충에게는 그 상식도 없었다.

"하, 씨발."

담배만큼이나 오래전에 끊었던 욕설이 자기도 모르게 튀어나왔다. 후배들이 여기 있었다면 깜짝 놀랐을 터였다. 담배 한 대를 피우고 싶은 욕구가 굴뚝같았다.

하지만 그는 자리를 지켜야 한다. 그런 명령을 받았으니까.

"개도 아니고."

그런 자조적인 혼잣말을 뱉었을 때였다.

추경준은 분명히 인지했다.

공간이 분리되었다. 지금 차원 진동기와 그 주변 20m 반경은 칼로 잘라내기라도 한 듯 다른 공간이 되었다.

하지만 그런 게 가능한가? 아니, 불가능하다.

칼로 물을 베지 못하듯, 공기를 베지 못하듯, 공간도 베어지는 것이 아니다. 설령 베어진다 한들 곧장 다시 가서 붙어야 한다. 그러나 이 공간은 주변 공간과 유리된 채 그 상태를 유지하고 있었다.

추경준은 불가능한 것을 가능하게 하는 수단에 대해 알고 있다.

어벤저 스킬.

어벤저.

즉, 적이다.

별 망설임도 없이 추경준은 등에서 청동 대검을 빼어 들었다. 이제 곧 차원 균열이 열려 헬필드가 펼쳐질 이곳에서 가장 유효한 무기 중 하나였다.

"인상적이로군."

추경준은 적의 목소리를 들었다. 그는 목소리가 들린 곳을 향해 고개를 돌렸다. 그리고 그는 적의 모습을 확인했다.

"강철 가면의 괴한……."

"그런 웃긴 이름으로 날 부르고 있는 건가? 재미있군. 하나한 가지는 알겠어."

강철 가면의 괴한은 전봇대 위에서 뛰어내리며 말했다.

"자네는 WF 소속이로군?"

"……!"

추경준 본인도 자각은 하고 있었다. 그는 머리가 그리 좋은 편이 아니다. 그러므로 계속해서 적과 대화를 나누는 것은 좋지 않다고 판단했다.

그는 대검을 겨누고 강철 가면의 괴한을 향해 육박했다. 이미 S급에 다다른 경지의 신체 강화 능력은 소리와 같은 속도로 그를 움직일 수 있게 했다. 콰콰콰콰! 그가 지나왔던 길을 소닉붐의 거친 소음이 채웠다.

"자네에게는 재능이 있군."

강철 가면의 괴한이 말했다.

"하지만 머리가 나빠. 어벤저 스킬은 물리법칙을 초월하는 능력. 그런데 물리법칙을 지켜가며 움직이다니, 어떻게 그렇게 우둔할 수 있단 말인가?"

추경준은 강철 가면의 괴한이 남긴 움직임의 궤적을 간신히 쫓았다. 그리고 확신했다. 괴한은 빛의 속도로 움직였다. 그것도 소닉붐조차 일으키지 않은 채.

물리법칙을 초월했다.

놀라운 일이지만 당연한 일이기도 했다. 괴한의 말이 맞았다. 어벤저 스킬이 물리법칙을 초월했다고 놀란다면 애초에 어벤저라는 존재 그 자체를 의심해야 맞았다.

"여기 있군."

강철 가면의 괴한은 추경준에게 시선조차 주지 않은 채, 그의 목적을 달성했다.

즉, 차원 진동기를 파괴했다.

추경준은 자신이 임무에 실패했음을 깨달았다.

그가 깨달은 것은 그것뿐만이 아니었다. 이미 실질적인 능력은 A급을 초월하고 S급을 다다른 자신보다도 눈앞의 괴한은 훨씬 강하다. 그저 더 강하다는 말로 끝내기에는 부족했다.

벼룩은 자신의 신장 수백 배를 뛰어오를 수 있지만, 그렇다고 인간보다 더 높이 뛸 수 있는 것은 아니다. 비교하자면 자신은 벼룩, 저 괴한은 인간. 아니, 인간을 초월한 무언가다.

그럼에도 불구하고.

추경준은 벼룩이 주둥이를 내미는 심정으로, 청동 대검을 괴한에게 겨누었다.

"안타깝군."

괴한이 말했다.

"자네 같이 훌륭한 인재의 팔다리를 뽑아놓는 건 안타까운 일이야."

*　　　　*　　　　*

강철 가면의 괴한, 김인수는 툴툴거렸다.

"강철 가면의 괴한이 뭐야. 좀 더 멋진 명칭을 생각해 낼 수는 없었나?"

"으……."

추경준이라고 스스로를 소개한 어벤저는 김인수의 말에 제대로 대답하지 못했다. 팔다리가 뽑혀 나간 채 제정신을 유지할 수 있는 것만으로도 대단하다고 할 수 있었다.

탐나는 인재였다. WF에 두기에는 아까울 정도로.

어벤저의 기본이 된다고 할 수 있는 차원력이 일단 풍부했고, 전투 능력도 높았다. 단순히 신체 강화 능력뿐만이 아니라, 스스로의 몸을 컨트롤하고 움직이는 능력도 높게 평가할 만했다.

자신보다 명백히 강한 상대를 앞에 두고도 전의가 꺾이지 않을 정도로 용기도 있었고, 고통에도 잘 견뎠다. 이 정도면 정신적인 면도 꽤 튼튼하다 싶었다.

단점이라고는 우직하고 머리가 나쁜 것 정도였다. 이 정도 단점은 단점도 아니었다. 김인수가 전부 채워줄 수 있는 것들이었으니.

"자, 난 이제부터 자네를 회유할 생각일세."

"소용없다, 나는……."

"아니, 그런 소릴 다 들어줄 생각은 없고."

김인수는 가차 없이 추경준의 말을 잘랐다.

"자네에게는 발언권이 없어. 내가 일방적으로 자넬 회유할 테니 자네는 생각이 있으면 고개를 끄덕이게."

추경준은 고개를 도리질했지만 김인수는 신경도 쓰지 않고 계속해서 말했다.

"만약 내가 끝까지 회유에 실패한다면 자넬 죽일 거야. 원래는 누구라도 살려둘 생각은 없었지만 자네라서 내 회유할 생각을 한 걸세."

인간이라면 누구나 느낄 죽음의 공포에도 추경준의 표정은 그리 변화가 없었다. 이것마저 보고 나니 김인수의 입장에서도 추경준이 너무너무 탐났다.

'어떻게 이런 인재가 WF에 들어갔지?'

진지하게 그런 생각을 할 정도로.

"일단 자네의 환심을 좀 사야 할 것 같군. 그렇다고 적토마를 줄 건 아니고……"

김인수의 약지에 끼워진 트롤 고문관의 반지가 빛을 발했다. 그러자 추경준의 잘려 나간 팔다리가 다시 제자리에 붙기 시작했다.

"자네의 원래 팔다리라면 적토마 정도의 가치는 있을 거 같은데. 자네 생각은 어떤가?"

추경준의 동공이 크게 벌어지며 그의 입이 열리려 했다. 하지만 김인수가 제지했다.

"아! 대답하지는 말게. 발언권은 없다니까. 자네가 입을 벌릴 수 있는 건 일단 한 번 고개를 끄덕인 다음일세. 다시 그

팔다리를 잃고 싶지 않거든 내 말을 듣게."

*　　　　*　　　　*

　결론부터 말하면 추경준의 회유에는 실패했다.

　김인수는 하는 수 없이 그를 계약 마수로 만들었다. 나중
에 천천히 회유하면 될 거라고 생각하기도 했고, 추경준이 가
진 WF의 정보가 필요하기도 했기 때문이었다.

　강제로 계약당한 추경준은 지금 김인수의 차원 금고에 동
결된 채 보관되어 있었다. 말 그대로 동결. 냉동 인간이 된 것
이라고 봐도 될 상태였다. 인간을 차원 금고에 가둬넣는 행위
는 별로 도덕적으로 옳은 행위는 아니었지만, 죽여 버리기엔
아쉬웠고, 그냥 풀어주는 건 언어도단이니 어쩔 수 없는 선택
이었다.

　"하, 고순 같은 녀석."

　김인수는 어렸을 때 읽었던 삼국지에 등장하는 여포의 부
하를 떠올렸다. 여포 같은 놈이 뭐가 좋다고, 온갖 회유에도
묵묵부답하다 목이 잘려죽은 그 남자. 그를 죽이기 직전까지
아까워했던 조조의 심정이 지금은 약간이나마 이해가 갔다.

　WF가 뭐가 그리 좋다고.

　어쨌든 강제로 계약된 탓에 추경준은 그 꼿꼿했던 절개도

무색하게 김인수가 묻는 대로 아는 걸 전부 답할 수밖에 없었다.

추경준은 이지희를 잡으러 왔던 B급 어벤저인 조상평보다는 많은 정보를 갖고 있었지만, 그 자신이 극비 부서의 특수 직위에 속했던지라 핵심 정보까지 파악하지는 못했다. 그래도 김인수가 다음으로 취할 행동을 결정하기에는 충분한 정보였다.

＊　　　　＊　　　　＊

진현우였던 존재. 아니, 진현우를 대체하기 위해 그 시체를 기반으로 다섯 명의 희생을 추가해 새로 만들어진 존재는 눈을 떴다.

주변이 어수선했다.

"……?"

그는 주변을 두리번거렸다.

그는 여전히 묶여 있는 상태였다. 자신을 구속하고 있는 구속구들을 풀어내기 위해 안간힘을 썼지만, 그는 여전히 꼼짝도 할 수 없었다.

"……!"

가슴속에 공포가 차오르기 시작했다. 숨이 가빠지기 시작했다.

그때 그가 느낀 것은 분명 절박함이었다. 그는 궁지에 몰려 있었다.

그리고 이럴 때 접근하는 놈들이 있다.

[힘을.]

목소리가 들렸다.

육성이 아니었다. 언어조차 아니었다. 뇌리에 직접 울려 퍼지는 그 목소리는 다름 아닌 계약마의 목소리였다.

[힘을 원하나.]

마치 구세주의 목소리와도 같은 목소리.

하지만 그는 대답할 수 없었다. 어차피 그에게는 아직 언어기능이 인스톨되어 있지 않았다.

"우… 아……."

게다가 입에는 재갈이 물려 있었다. 신음 소리밖에 내지 못했다.

[힘을 원하나.]

목소리는 끈질기게 그에게 질문해 왔다. 계속해서, 줄기차게.

[힘?]

마침내 그는 대답하는 데 성공했다. 아직 언어화된 사고가 불가능함에도 불구하고, 계약마의 끈질긴 부름 끝에 이 세상의 그 어떤 언어도 아닌 방식으로 대답하는 데 성공했다.

[힘을, 원하나.]

[힘? 어떤 힘?]

[……]

최하급 계약마는 그의 되물음에 대답할 만한 지능을 갖추지 못했기에 제대로 대답하지 못했다.

최하급 계약마가 가지고 있는 것이라고는 그저 열망뿐이다. 최하급 계약마란 아직 존재조차 성립하지 않는 존재. 그렇기에 본능적으로 완전한 존재가 되길 바라는 열망을 품고 있다.

어차피 이대로 시간이 흐르면 그대로 소멸해 버릴 뿐인 존재다. 목적을 이루기 위해서는 뭐든지 한다.

[어떤 힘을 원하는가?]

[나.]

[나?]

[나는 나를 원해.]

그는 대답했다.

그에게 없는 것은 언어능력뿐만이 아니다. 그에게는 기억이 없다. 과거가 없다. 근본이 없다. 인격을 이루는 기반이 될 만한 것이라고는 어느 것 하나도 가지지 못했다.

즉, 그에게는 '나'가 없었다.

[내가 되려면 어떤 힘이 필요하지?]

[그 힘이 필요하다면 주겠다.]

그 힘이 어떤 힘인지는 계약마도 모른다.

어차피 힘을 주는 존재는 계약마가 아니다. 계약마는 매개일 뿐이다. 계약이 맺어지면 그 계약에 따른 힘이 주어질 것이다. 누가, 어떻게, 어떤 식으로 힘을 주는지 계약마는 생각할 필요도, 생각할 능력도 없었다.

그저 계약함으로써 존재를 손에 넣는다. 오로지 그것만이 중요할 뿐이었다.

[줘.]

마침내 그는 대답했다.

그렇게 계약은 성립되었다.

잠시 후, 그는 자리에서 일어났다. 그를 묶고 있던 구속구는 끊어져 나갔다.

아무도 그를 지켜보고 있지 않았다. WF라는 대기업은 3조 원 이상의 피해를 입고 그 후속 대처에 전력을 기울이고 있었다. 모든 인력이 조직 내부의 개편에 관련되어 있었고, 진현우를 되살리는 프로젝트의 인원도 예외는 아니었다.

어차피 아직 언어 회로조차 갖추지 못한, 숨만 쉬고 있는 시체나 다름없는 존재. 그런 존재를 굳이 지키고 서 있을 필요는 없었다. 그러니 당분간 연구실을 비우는 건 큰 문제가 아니었다. 원래대로라면 그래야 했다.

하지만 누구도 예상하지 못한 큰일이 지금 벌어지고 있었다.

그저 폐쇄 회로 카메라만이 그 장면을 찍고 있을 따름이었다.

인간형 어보미네이션이라는 희대의 존재가 연구실에서 탈출하는 모습을.

19장

에스파다 도 오르덴

김인수는 다시 최재철의 모습을 취하고 인룡의 팔찌로 분리해 둔 공간을 닫았다. 만약을 위해 반지 운반자의 팔찌로 존재감을 없앤 그는 보는 사람이 아무도 없다는 것을 확인하고 그 자리에서 빠져나왔다.

　다른 인적이 없는 장소까지 나와서 서서히 존재감을 되돌린 그는 어벤저 네트워크의 접속 단말기를 겸한 휴대폰을 꺼내어 들었다.

　"여보세요."

　─아, 선생님. 봐, 내가 이겼잖아.

분위기를 보니 이지희와 오연화가 서로 누구한테 먼저 전화가 올지 내기라도 했던 모양이었다. 그리고 최재철이 오연화에게 전화를 걺으로써 오연화가 이긴 걸 테고.

'별생각 없이 건 건데.'

최재철은 픽 웃었다.

―죄송해요, 선생님. 일은 잘 처리된 거 같네요. 느낌이 완전히 사라졌어요.

오연화의 말을 듣자 하니 그녀는 차원 진동기가 일으키는 강렬한 차원 진동을 전자 상가에서부터 감지하고 있었고, 최재철이 상황을 정리하면서 진동이 사라진 것까지 캐치해 낸 것이리라.

그녀의 감지 능력은 꽤 뛰어난 편이었으니, 별로 놀랄 일은 아니었다.

"그래. 그쪽이야말로 노트북은 잘 샀어? 바가지는 안 썼고?"

최재철의 기준으로 용산, 하면 바가지였다. 그 이미지는 10년 전의 것이라 지금은 좀 다를지도 모르지만.

―아… 안 썼어요. 뭐, 정확히는 원래 쓸 뻔했죠, 바가지.

"응? 그게 무슨 뜻이야?"

―원래 노트북 한 대에 500만 원이라고 주인아저씨가 그랬는데, 어벤저 라이센스를 꺼내니까 갑자기 220만 원이 됐어요.

"엥? 뭐가 어떻게 된 거야. 어벤저 라이센스는 애초에 왜 꺼냈어?"

—그야 면세 받으려고요. 면세 받으려면 어벤저 라이센스 꺼내서 보여줘야죠.

왜 당연한 걸 묻느냐는 식으로 대답한 오연화는 곧 뒤늦게 눈치챘다는 듯 부연 설명을 했다.

—아, 선생님은 오늘 A급 됐었죠. A급 이상은 부가가치세가 면제예요. B급은 반이고요.

"뭐야, 부가가치세가 몇 %인데?"

최재철의 기억으로는 부가가치세는 10%였다. 하지만 오연화의 입에서 나온 숫자는 달랐다.

—30%요.

닫힌 입이 다물어지질 않았다.

'미친…… 10년 사이에 대체 무슨 일이 있었던 거야?'

그가 서울에서, 한국에서, 지구에서 떠나 있던 동안 차원 균열이 열렸고, 차원 균열에서 튀어나온 어보미네이션에 대항하기 위해 정부는 높은 수준의 증세를 해야 했다. 당장 나라가 망할 위기였다. 아무도 불만 같은 걸 말할 상황이 아니었다.

그런데 상황이 안정화되고 어보미네이션이 통제할 수 없는 몬스터에서 무궁한 에너지를 뿜어내는 자원이 되었지만, 올라간 세금은 떨어지지 않았다.

그렇게 올라가서 아직까지 떨어지지 않은 세금 항목 중에는 부가가치세도 있었다.

"부가가치세가 30%인데, 왜 노트북 값이 절반 미만으로 떨어져?"

—저희가 예쁘고 귀여운 아가씨들이잖아요.

굳이 반박할 이유가 없는 이야기였기에 최재철은 잠자코 이어질 이야기를 기다렸다. 오연화도 아무렇지도 않게 이야기를 계속했다.

—그래서 주인아저씨가 얕보고 바가지를 좀 세게 씌웠던 모양이에요. 그런데 저희가 동시에 A급 라이센스를 꺼내 드니까……

"쫄아서 씌웠던 바가지를 도로 벗겨줬다, 이 말이로군?"

—네. 원래 받으려던 면세 혜택도 받았고요.

한심한 이야기였다. 평소에 두 배 가까이 바가지를 씌워가면서도 안 망하고 장사를 계속할 수 있다는 것도 놀라운 이야기였고.

하기야 점주 입장에서도 황당하긴 할 터였다. 손님이 둘 찾아왔는데 하나는 10대 초반 여성, 또 하나는 20대 초반 여성이라서 한번 거하게 벗겨먹을 생각을 했는데 어디서 보기도 힘든 A급 라이센스가 두 개나 튀어나오니 기겁할 노릇이었겠지. 그 장면을 상상해 보니 좀 웃기긴 했다.

"좋아, 그럼 합류하지. 너희 지금 어디 있어?"

—U파크몰 정문이요.

"그쪽으로 갈게."

—기다릴게요.

최재철은 전화를 끊었다. 여기서 U파크몰 정문이면 걸어서도 충분히 갈 만한 거리였다. 굳이 택시를 부를 필요도 없었기에 그는 그냥 달리기 시작했다.

'그러고 보니 최재철도 이제 A급 어벤저니 어벤저 스킬을 쓴다고 사람들이 별로 이상하게 보진 않겠군.'

귀찮아진 나머지 그는 탕 하고 땅을 박찼다. 그의 몸이 하늘을 날았다.

그는 U파크몰 정문 앞에 착지했다. 사람은 많았고, 그들의 시선이 최재철에게 꽂혔다.

"와, 지금 봤어? 사람이 날아왔어."

"어벤저야. 어벤저 스킬이구나, 저게."

최재철은 별생각 없이 쓴 능력이지만 일반인들에게는 이것도 신기해 보였는지 수군거림이 그의 귀에까지 들어왔다.

"아, 선생님!"

오연화와 이지희가 최재철을 알아보고 그의 쪽으로 다가왔다. 그러자 웅성거림이 한층 커졌다.

"와, 역시 어벤저쯤 되니까 클라스가……."

"여자 둘 끼고 다니는 거 봐. 눈꼴시지 않냐?"

"쉿! 들겠다!"

사람들의 웅성거림을 듣고서 오연화가 킥킥거렸다.

"여기서 기다리는 동안 저희가 무슨 말 들었는지 알아요? 연예인 아니네요, 연예인."

"봐, 나 외모 나쁘지 않다니까. 그런데 왜 못 떴지?"

이지희가 툴툴거렸다. 최재철은 그들의 말에 픽 웃었다.

"어벤저가 연예인이라는 소리 듣고 좋아하니?"

"평범한 어벤저보다는 연예인이 더 잘 벌지 않아요?"

오연화가 눈을 땡그랗게 떴다. 물론 그녀는 평범한 어벤저가 아니다. 이지희마저도 그녀의 말을 듣고 픽 웃었다.

"아서라, 평범한 연예인보다는 평범한 어벤저가 더 잘 벌어."

"그래?"

이지희를 올려다보며 놀란 듯 말하는 오연화를 끊고, 이지희는 최재철에게 말했다.

"가요, 스승님. 사람들의 시선이 귀찮아요."

"연예인처럼 말하네."

"이런 말, 한번 해보고 싶었어요."

이지희가 혀를 쏙 내밀며 장난스럽게 웃었다.

"노트북을 사다주는 발품을 너희가 팔았으니, 밥을 내가 사야겠군."

"안 돼요, 스승님."

"뭐가 안 돼?"

"벌써 예약했거든요, 밥집. 제 이름으로!"

이지희가 자랑스럽게 선언했다.

"엥? 그래? 돈가스라도 먹으러 가는 건가?"

"돈가스도 괜찮지만 기왕 금요일 저녁인데. 저도 어제부로 돈 좀 벌었고."

"그 돈, 나도 번 돈인데."

"에이, 아무튼 가요."

그런 대화를 나누고 있던 일행 앞에 택시가 멈춰 섰다.

*   *   *

이지희가 예약한 밥집이란 최재철과 그녀가 한 번 간 적이 있었던 프렌치 레스토랑이었다.

"와, 이런 좋은 곳에 둘이서만? 치사하게?"

오연화가 툴툴거렸다.

"연화가 여기 오자고 했어요. 쏘는 건 제가 쏘는 걸로."

"좋은 추억은 공유해야죠. 그렇죠, 선생님?"

"별로 좋은 추억이랄 것까진 없었는데. 뭐, 맛은 있었지만."

최재철의 입장에서는 여전히 좀처럼 적응이 되지 않는 식당이기는 했지만, 그래도 처음 먹었을 때보다는 조금이라도 익숙해진 느낌으로 최재철은 식사를 시작했다.

"그런데 연화는 고기 정말로 안 먹는구나."

이지희가 말했다. 메인 디쉬가 거의 고기 요리인데, 오연화는 대부분 다른 요리를 선택했다. 주로 샐러드와 스프, 그리고 생선 요리 위주로.

"아… 그게."

오연화는 좀 말하기 꺼려지는 듯 대답을 망설였다.

"뭐, 상관없으려나."

그러나 그녀는 곧 피식 웃으며 입을 다시 열었다.

"저도 어릴 땐 고기를 좋아하고 고기만 먹었는데, 그것 때문에 엄마가 타박을 해서요. 매일 반찬 투정이냐, 생선도 좀 먹어라, 채소도 먹어라, 그렇게요. 지금이야 돌아가신 후지만, 이제 와서라도 엄마 말을 따르는 거죠."

오연화는 아무렇지 않은 듯 말하며 생선 살을 포크로 찍어 입에 넣었다.

그런 그녀를 보며 이지희는 고기 한 조각을 썰며 말했다.

"음… 그랬구나. 그래도 지금 너 먹는 거 보시면 고기도 좀 먹어라, 하시지 않을까?"

"그럴까요?"

"뭐, 나도 모르지만."

"그게 뭐예요."

"그야 모르지. 나도 철들기 전에 고아가 됐으니까."

이지희도 아무렇지도 않게 말했다. 최재철의 입장에서는 처음 듣는 이야기가 아니었다. 하지만 오연화는 아니었던 듯 식기를 움직이는 손이 잠깐 멈췄다.

"먹어볼래? 고기."

이지희는 마치 오연화를 위해 썰었다는 듯 그녀의 작은 입 크기에 맞춰 잘라낸 고기 한 조각을 포크로 찍어 내밀었다.

"…네."

오연화는 입을 벌렸고 이지희는 그녀의 입에 고기를 넣어주었다.

"맛있네요."

한참을 오물오물 씹던 오연화는 그런 감상을 남겼다. 그녀의 그런 반응에 이지희는 만족스럽게 웃으며 이렇게 물었다.

"역시 고기는 최고지?"

"아뇨, 이 생선 요리가 더 맛있긴 해요."

"뭐라?"

그런 대화를 나누었다.

*　　　*　　　*

식사를 마친 후, 최재철은 그녀들과 헤어졌다.

이제부터는 김인수의 시간이었다.

"복수의 시간이지."

그는 이빨을 드러내며 웃었다.

추경준의 증언에 의하면 WFF는 모든 병력을 수도권으로 집결시켜서 엄중 방어를 취하고 있다고 한다.

'강철 가면의 괴한'이 논산에서 수도권으로 올라오는 경로로 이동하면서 3개의 차원 균열을 닫았기에, 다음 목표는 서울과 파주라고 생각한 배치인 것 같았다.

물론 그 예측은 그리 틀리지는 않았다. 실제로 김인수는 차원 균열을 닫은 후 서울로 향했으니까. 최재철은 다음 날 출근을 위해서 남쪽으로 더 내려가지 않고, 그냥 이동 경로에 맞춰서 도중에 있는 WF의 차원 균열을 닫았다.

하지만 WFF는 김인수, 강철 가면의 괴한의 능력을 과소평가했다. 김인수에게는 좋은 일이다. 덕분에 김인수는 WFF의 허점을 찌를 수 있었으니까.

그는 경북 지역의 WF 소유의 차원 균열을 다섯 개 닫았다.

추경준의 증언대로 논산 이남의 차원 균열에는 어벤저가 전혀 배치되지 않았다. 경비 부대가 나름 방어에 나섰지만, 그 훈련도와 장비 수준은 논산의 경비 부대에 크게 못 미쳤다.

그래서 그는 별문제 없이 아침이 오기 전에 차원 균열 다섯 개를 다 닫아버리고 초시공의 팔찌를 이용해 유유히 서울로 돌아올 수 있었다.

다섯 군데의 CCTV에 강철 가면을 쓴 모습을 다 찍어둔 건 물론이다. 관리 회사인 WFF에게 책임을 물려야 하기에 한 짓이었다.

위험한 짓이었지만 그럴 만한 가치는 있었다. 어제와 달리 뉴스는 하나도 뜨지 않았지만 당장 WF의 주가가 급락으로 시작했고, 주식 관련 뉴스에 왜 유연학은 바로 퇴임했는데 진가충은 퇴임 안 하냐는 댓글마저 달렸다. 뉴스가 안 떠도 소문이 도는 것이다.

"언론 통제도 한두 번이지, 빈도수가 너무 잦으면 이런 부작용도 생겨야지."

흡족하게 인터넷 뉴스 댓글란을 확인하며, 최재철은 혼잣말을 했다.

사람들은 뉴스와 신문을 믿지 않는다. 소문을 더 믿는다.

돈과 권력이 있는 이라면 자신의 인맥을 활용해 정보통을 돌릴 것이고, 어지간한 주식 투자자들은 한 발 먼저 입수한 비교적 정확한 정보를 바탕으로 WF의 주식을 미리 빼버렸다. 그리고 개미 투자자들이 놀라서 함께 주식을 빼니 뉴스 하나 없이도 이렇게 대폭락이 일어나는 것이다.

정확한 정보가 없으니 WF가 얼마나 큰·타격을 입었는지도 가늠이 안 되고, 게다가 어제에 이어 오늘까지 악재가 연달아 일어나니 실제로 입은 피해액보다도 더 많은 주가가 빠졌다.

어제까지는 완벽히 통제가 가능했던 강철 가면의 괴한에 대한 정보에 대해서도 소문이 돌기 시작했다. WF에 원한을 가진 S급 랭커가 일부러 WF 소유의 차원 균열만 노려서 닫고 다닌다는 이야기다.

WF는 어보미네이션 산업으로 커진 회사다. 물론 그전에도 대기업이기는 했지만 세계 급 기업으로 성장한 계기는 역시 차원 균열 덕이다.

그런데 이대로 모든 차원 균열을 잃게 된다면 아예 WF가 내일 망할지도 모른다는 악성 루머까지 유포되는 마당이니, 투자자들이 공포에 사로잡히는 것도 무리는 아니었다.

결국 WF 측에서도 정보 통제를 포기하고 제대로 된 정보를 흘려서야 겨우 상황이 진정 상태에 이르렀다. WFF 사장 진가충이 직접 TV에까지 출연해 기자회견을 가졌다.

경북 지역의 차원 균열은 중요도가 낮아 어벤저를 배치하지 않았던 탓에 이런 불미스러운 일이 일어나고 말았습니다. 투자해 주시는 분들께 심려를 끼쳐 죄송합니다. 하지만 어보미네이션의 생산성이 높은 수도권에는 중점적으로 병력 배치가 되었으니 다신 이런 일이 없을 겁니다.

김인수는 새로 산 노트북으로 그 인터뷰를 직접 들었다.

"저자가 진가충인가."

사진으로는 얼굴을 본 적이 있지만, 움직이는 것을 본 것과 목소리를 들은 것은 이번이 처음이었다. 진가충이 이런 식으로 언론의 전면에 나서는 건 이번이 처음이라고 한다.

"후."

목소리를 들었다고 바뀔 건 없었다. 그의 진씨 가문에 대한 복수심은 한결같았다.

진가충에 대한 여론은 싸늘했지만 주식은 반등에 성공, 돈은 거짓말을 하지 않는지라 WF가 시장의 신뢰를 어느 정도 회복했음을 알려주었다.

김인수의 입장에서는 다소 아쉬울 수는 있는 결과였지만 그래도 이 정도로 작살을 내놨으면 감히 어벤저를 다른 곳으로 빼돌려 새 차원 균열을 열거나 여자를 납치해 오라고 할 수는 없을 터였다. 제자를 위해 한 일이라고 생각하면 충분히 결실을 맺은 셈이었다.

그래도 여기서 한 발 더 나아가 추가로 차원 균열을 닫아서 진가충의 인터뷰를 무색하게 만들어 버리면 더욱 큰 타격을 입힐 수 있을 터였고, 그는 그걸 위한 계책을 하나 마련해 둔 터였다.

진가충을 돌아올 수 없는 나락으로 빠뜨리기 위한 계책.

"우선은 진가충을 잘라낸다."

진가규나 진현우와는 달리 얼굴 한번 직접 맞댄 적 없는 진가충이지만, 그를 파멸의 구렁텅이로 끌어내리는 데는 일말의 망설임도 느껴지지 않았다.

＊　　＊　　＊

조상평.

본래 이지희를 납치하기 위해 진가충에 의해 파견된 B급 어벤저 집단의 막내. 하지만 그는, 그리고 그의 일행은 일부러 태업을 하고 있었다. 이지희의 행동반경에서 멀찌감치 떨어진 채 차 안에서 빈둥거리던 그는 전화 한 통을 받았다.

임무 종료를 알리는 전화였다. 강철 가면의 괴한이 예상했던 것보다 심하게 날뛰는 바람에 이런 사소한 작전에 투입할 여유도 없어진 모양이었다.

태업이 들키면 명령 거부도 불사할 생각이었던 조상평 일당에게 있어서는 듣던 중 다행인 이야기였다.

"철수하시랍니다, 선배."

"어, 어어."

조상평의 말에 최고참 선배가 어디 좀 불편한 것 같은 목소리로 대답했다. 그건 최고참 선배만의 일은 아니었다. 다른 선배들도 마찬가지였다.

그 불편함이라는 게 묘했다. 마치 상사를 앞에 두고 술잔을 기울여야 하는 하사관의 그것과도 같았다. 그건 이상했다. 그런 종류의 불편함은 후배이자 막내인 조상평 본인이 느껴야 하는 것일 텐데.

어쨌든 다행이었다. 어차피 더 이상 임무 속행은 불가능했다. '그분'을 진가충 같은 속물적인 인간에게 데려갈 수는 없으니까. 계속하라고 하면 사표를 던져줄 생각이었지만 뒤늦게라도 뜻을 되돌렸으니 굳이 극단적인 선택을 할 필요는 없을 것 같았다.

"김현직 사장님."

"아, 네!"

김현직이 깜짝 놀라 대답했다. 조상평은 미리 그를 이지희의 집에서 빼서 자신들의 차에 합류시켰다. 별다른 설명을 할 필요도 없었다. 그는 고분고분 자신들의 지시에 따랐으니까.

이 사람도 사장일 텐데, 어벤저를 상대로 지나치게 겁을 내고 있었다. 조상평의 입장에서는 그다지 이해가 가지 않는 반응이지만, 덕분에 일을 진행하기 편하니 '굳이 그러실 필요 없다'고 말할 생각은 들지 않았다.

"저희는 이대로 철수하겠습니다. 추후 저희 사장으로부터 연락이 있을지도 모릅니다만 어쨌든 이 건은 당분간 없었던 걸로 생각하셔도 무방할 것 같습니다."

"네……."

김현직 사장은 명백히 안도하는 낯빛이었다. 다행이었다. 감히 '그분'을 납치한다는 말도 안 되는 불경한 짓거리를 내켜서 한다면 이 자리에서 그를 죽여 버릴 수도 있었으니까. 조상평이라고 범죄자가 되고 싶은 건 아니니 다행이라면 다행이었다.

"아, 사장님, 혹시 이 일이 다시 진행되거든 제게 개인적으로 연락을 주십시오."

조상평은 나중에 생각났다는 듯 그런 말을 흘리며 은근슬쩍 김현직과 전화번호를 교환해 두었다. 만약 진가충이 또 불경한 짓거리를 추진한다면 죽여 버릴 셈이었다.

일을 진행하게 될 새 어벤저도, 진가충 사장도, 그리고 김현직, 이 사람도.

*   *   *

보고자는 마른침을 꿀꺽 삼켰다. 이제부터 그가 사장실에 들어가서 해야 할 보고는 그의 목숨을 끊어놓을 수도 있는 종류의 것이었다.

'왜 이 보고를 내가 해야 하지?'

그 의문을 이미 수십 번 떠올렸지만, 지금 와서 생각해 봐야 소용없는 일이었다.

어쨌든 그는 해야만 하는 일을 해야 했다. 그는 사장실의 문을 노크했다.

"들어오게."

사장의 목소리가 들렸다. 그는 문을 열었다.

의외로 사장은 멀쩡했다. 늘 그렇듯 여자를 배 위에 올려놓고 허리를 흔들고 있을 거라고 생각했건만 오늘은 그렇지도 않았다. 멀쩡하게 보인다는 의미에서는 확실히 평소와 달랐다.

"사장님, 진현우 도련님께서 행방불명되셨습니다."

매도 먼저 맞는 게 낫다는 심정으로 그는 눈을 질끈 감고 보고부터 했다.

"그건 큰일이로군."

보고자의 말에 사장 진가충은 별 흥미 없는 듯 대꾸했다.

"미안하네만 그딴 일에 투입할 인력은 없네. 관련 자료는 폐기하고 없던 일로 돌려. 현우는 행방불명된 걸로 처리하도록."

진가충의 말에 보고자는 할 말을 잃었다.

말도 안 되는 소리였다. 진현우를 살리는 데 얼마가 들었는데! 관련 업무를 진행하던 직원도 많았고, 채무자도 다섯 명이나 희생시켰다. 그 금액과 업무 기록을 전부 폐기하라는 건 그냥 단순히 손해로 끝나지 않는다.

'진현우를 살리려다 실패했습니다'라고 기록하고 마이너스로 처리해 넘어갈 수 있다면 쉽겠지만, 세상일이란 게 그렇게 돌아가던가. 이 기록을 지우기 위해서는 결국 빈 금액과 업무 기록을 다른 데서 메꿔야 한다. 이 책임은 누가 질 건가! 진가 충이 지지 않을 건 확실했다.

그러나 여기서 쓸데없는 소릴 했다가는 자신도 전임자처럼 공장으로 보내질 걸 잘 알고 있었다. 그렇기에 그는 일단 여기 서는 순순히 고개를 숙였다.

"알겠습니다."

어쨌든 목숨은 건졌다. 이게 중요한 거 아니겠는가. 하지만 불행히도 이걸로 끝난 게 아니었다. 그는 한 가지 보고를 더 해야 했다.

"그리고… 용산에 차원 균열을 새로 여는 데 실패했습니다."

"뭐라?"

진가충의 눈썹이 꿈틀거렸다. 보고자의 눈앞도 캄캄해졌 다. 그러나 그는 해야 할 일을 계속 해야 했다.

"당시 상황을 기록한 영상 데이터가 남아 있습니다."

"재생하게."

대형 프로젝터에 영상을 재생시키자마자, 강철 가면이 커다 랗게 떴다.

─이걸로 첫 인사를 하게 되는군.

강철 가면의 괴한의 목소리가 사장실에 울려 퍼졌다.

―내 이름은 에스파다 도 오르덴. 차원 균형을 수호하는 칼날이다.

"뭔가, 저건?"

진가충이 물었지만, 보고자는 뭐라고 대답하지 못했다. 영상은 계속 재생되고 있었다.

　―자네들은 중대한 차원 범죄를 저질렀다. 인위적으로 차원 균열을 열어 차원 질서를 어지럽힌 자네들을 그냥 내버려둘 수 없기에 개입했다.

팔다리가 다 잘린 참혹한 모습의 추경준이 화면에 비쳤다.

　―이건 경고다. 경고에 불과하다. 다시 이런 짓을 벌인다면 다음은 이 영상을 보고 있는 자네들이 이렇게 될 것이다. 내 경고를 허투로 받아들이지 않길 바라기도 하네만, 사실 허투로 받아들이길 내심 기대하도록 하지. 자네들의 팔다리를 끊어놓을 날을 고대하고 있겠다.

영상은 여기까지. 파직, 하는 소리와 함께 화면이 꺼졌다.

"이게 뭔가?"

"이 괴한이 무슨 생각으로 이런 영상을 남겼는지 모르겠지만 안심하십시오, 사장님. 이미 연구소에서 음성 데이터를 분석하고 있습니다. 일주일 내로 주민등록번호부터 시작해서 전화번호에, 주소에, 이름까지 전부 보고로 올라갈 것입니다."

보고자는 최대한 빨리, 하지만 정확하게 말하려고 노력했다. 살아남기 위해서!

꿈틀꿈틀. 진가충의 입꼬리와 눈썹이 계속 움직이고 있었다. 하지만 다행히 분노는 그를 향해 터지지는 않았다.

"사흘 내로 보고 올리게."

"알겠습니다."

그는 서두르는 것처럼 보이지 않게 서둘러 사장실에서 나왔다. 사장실의 문을 닫고 그 층을 완전히 벗어나 엘리베이터에 탑승하고 나서야 보고자는 안도의 한숨을 내쉴 수 있었다.

"사표 내고 싶다……."

그러나 그는 이미 WF의 기밀에 접촉하고 말았다.

기밀에 접촉한 사람이 조직에서 빠져나가기란 여간 힘든 게 아니다. 만약 평범하게 사표를 낸다면 인사부는 그의 사표를 수리하고 그의 목을 날리러 오겠지. 물리적인 의미로 말이다.

현대 사회에서 사람을 묻어 버린다는 건 결코 녹록한 일은 아닐 테지만 이 회사는 정말로 그 일을 한다는 걸 기밀을 통해 알고 있었다. 차원 균열과 어보미네이션의 존재가 그런 작업을 더욱 쉽게 만든 면도 있었다.

그는 다시 한 번 한숨을 푹 내쉬었다. 이번은 한탄의 한숨이다.

내가 어쩌다 이렇게 되었나. 그 질문에 대한 답은 아무리 생각해 봐도 떠오르지 않았다.

*　　　*　　　*

보고자가 사장실을 나서자 사장실에는 진가충 혼자 남았다. 그는 의자에 몸을 깊게 파묻었다. 긴 한숨을 내쉬는 그의 모습은 불과 하루만에 5년은 늙은 것 같아 보였다.

생각했던 것 이상으로 사태는 심각했다.

아버지는 이미 자신에게 완전히 흥미를 잃었다고 생각했는데, 오랜만에 전화가 왔다. 아버지의 욕설을 들어본 게 얼마만일까.

"어리석은 것들! 무능력한 것들!"

그는 발작적으로 책상을 내려쳤다. 그렇게 외치고 나서야 그는 그게 몇 시간 전 아버지에게 들었던 욕설임을 떠올렸다.

"크… 윽!"

주먹을 꽉 쥐고 부들부들 떨던 진가충은 책상을 쾅 걷어찼다. 이제는 구하기도 힘든 브라질산 원목으로 만들어진 최고급 책상이 그 자리에서 반으로 쪼개졌다. 그 잔해가 뒤집어져 공중을 비행하다 와장창 부서졌다. 나뭇조각들이 캐비닛이 두두둑 박혔다. 그 탓에 캐비닛이 찌그러지고 구멍이 났다. 그러고는 캐비닛에 난 구멍에서 피가 흘러나오기 시작했다.

"안 돼!"

진가충은 놀라서 캐비닛을 열었다. 캐비닛 안에 잠들어 있던 승인지 숭인지 하는 여자의 몸에 큰 구멍이 뚫린 게 보였다. 그것도 심장 부위에.

"하… 일이 안 풀리려니 이렇게도 되는군."

신경질적으로 캐비닛을 닫은 진가충은 이를 으득으득 소리가 나도록 갈았다.

"이게 다 에스파다 도 오르덴, 그놈 때문이야……."

그는 나무 파편을 발로 밟아 부수었다.

"누굴 바보로 아나! 뭐? 질서의 검? 지랄하네! 미친 새끼! 어떤 미친 새끼야?"

다시 한 번 발작적으로 외친 그는 캐비닛에 발을 박아 넣었다. 와지끈! 단 일격에 티타늄 합금으로 만든 가볍고 튼튼한 캐비닛이 세 조각으로 쪼개지며 박살 났다. 캐비닛에 들어 있던 시체가 충격에 의해 해체되고 그의 얼굴에 피와 살점이 확 튀었다.

"죽여 버리겠어! 그 가면을 벗기고 얼굴을 확인한 후에, 내 친히 그 목을 쳐주지!!"

그의 분노에 찬 눈동자에서 어벤저 오라가 푸른 불꽃처럼 일렁였다.

20장

토요일

토요일이다.

최재철은 TA 입사 이후 처음으로 맞는 주말을 어떻게 보내야 할까, 잠시 망설였지만 그냥 집에서 뒹굴면서 잠이나 자기로 마음먹었다.

생각해 보면 지난 일주일은 꽤나 피곤하게 보냈다. 첫 날부터 시작해서 바로 어제까지 최재철로서는 그냥저냥 버틸 만한 일정이었지만, 김인수로서 보낸 야간 활동이 문제였다. 어제는 거의 밤을 새다시피 하면서 경북까지 다녀왔으니 말이다.

가급적이면 차원 능력으로 체력을 회복하는 건 피하기로

한 원칙 때문에 최재철은 꽤 지쳐 있었다. 이럴 땐 방바닥을 뒹굴며 편하게 쉬는 게 최고였다.

"냉장고도 못 샀군, 그러고 보니."

이래저래 미루다 보니 필요한 가구나 가전도 들여놓질 못했다.

"에이, 저녁에나 가지."

어차피 김인수의 다음 계책을 활성화시키기까지는 시간이 약간 필요하다. 오늘 하루는 그냥 철저하게 방구석에 처박혀 있을 거라고 그는 이미 결정했다.

그랬는데……

최재철의 방으로 접근하는 인기척이 둘 있었다. 그것도 하나는 어벤저.

'이 정도면 B급인가.'

B급이면 이제는 김인수는커녕 최재철에게도 그다지 위협이 되지 않는 수준의 어벤저였지만, 그래도 그는 가볍게 정신을 긴장시켰다. 능력자 간의 싸움에서 가장 어리석은 짓이 방심이라는 격언도 있으니.

'어벤저가 이런 싸구려 집에 웬일이지. B급 정도면 벌이가 꽤 괜찮을 텐데.'

그 의문에 대한 해답은 금방 얻을 수 있었다. 어벤저와 다른 한 명은 최재철의 방을 향해 다가와 노크도, 인사도 없이 냅다 열쇠부터 밀어 넣고 문을 열었기 때문이다.

"여기가 방입니다. 뭐, 좀 낡긴 했지만 이 정도면 살 만하죠."

처음 보는 아저씨가 또 다른 남자, 어벤저에게 그렇게 설명했다. 그리고 아직 이불에 누워 있던 최재철을 힐끗 보더니, 아무렇지도 않게 한 마디 던졌다.

"총각, 방 좀 볼게."

"아, 복덕방 아저씨?"

최재철은 그제야 아저씨의 정체를 알아보았다. 집 열쇠를 갖고 있는 것도 그렇고, 행동이나 말투가 딱 그랬다.

"요즘 누가 복덕방이라 그러나. 공인중개사라 하지."

복덕방 아저씨는 말투는 기분 나쁜 듯 가시가 돋쳐 있었지만, 표정은 그렇게까지 나쁘지는 않았다. 낮게 잡아야 50대 후반의 아저씨는 최재철이 사용한 복덕방이라는 단어에 묘한 노스탤지어를 느끼기라도 한 것 같았다.

그런 복덕방 아저씨의 옆구리를 옆에 있던 어벤저가 찔렀다.

"아저씨, 뭐 하러 양해를 구해요. 어차피 곧 나갈 사람인데."

"아, 그렇죠. 네. 방 한번 쭉 둘러보시죠."

어벤저의 말투는 영 최재철의 마음에 들지 않았다. 나이 대는 20대 초반 정도일까, 딱 봐도 애송이였다. 겉보기가 사람을 전부 말해주지는 않겠지만, 그래도 아무것도 말해주지 않는 것은 아니다.

"곧 나갈 사람?"

"아, 들렸어요?"

분명 들으란 듯이 말해놓고도 젊은 어벤저는 뻔뻔하게 말했다.

"제가 이 건물을 이제 살 건데, 그렇게 되면 월세를 두 배로 올릴 거거든요. 전 주인아줌마의 이야기를 듣자 하니 취직도 못 한 모양인데 감당할 수 있겠어요? 그 아줌마가 당신 잘 봐 달라고는 하던데, 제가 당신 사정을 일일이 봐줄 이유가 어디 있겠어요. 그럼 뭐, 나가셔야지."

경우 없이 대놓고 시비를 거는 모습에 최재철은 살짝 짜증이 났다. 그가 상반신을 일으키자 젊은 어벤저가 재미있다는 듯 비꼬아댔다.

"화났어요? 덤비시게? 그런데 어쩌나."

그는 어벤저 전용 단말기를 꺼내어 최재철 앞에 들이밀었다. 화면에서는 어벤저 라이센스가 띄워져 있었다. B급.

'이름은 호일호. 재미있는 이름이네.'

최재철은 기왕 본 김에 호일호의 어벤저 등록 번호도 외워 두었다. 일단 외워두면 나중에 쓸 일이 있을지도 모른다.

"내가 이 젊은 나이에 어떻게 건물주가 될 수 있는지 이제 알겠죠? 꼬우면 님도 각성하든가!"

최재철의 생각을 아는지, 모르는지 젊은 어벤저 호일호는 통쾌한 듯 웃었다. 복덕방 아저씨는 그런 호일호가 마음에 들지 않는 듯 보이지 않는 각도에서 미간을 찌푸리고 있었다.

"저기요, 복덕방 아저씨."

최재철은 호일호를 무시하고 복덕방 아저씨를 불렀다.

"어? 아, 청년, 무슨 일인가?"

"이 건물, 얼만데요."

"5억."

호일호가 대신 대답했다.

"엄청 싸죠? 뭐, 당신한테는 거금이겠지만 나한테는 푼돈이거든! 왜 건물 가격이 이 따위냐? 이 빌라에서 어보미네이션이 날뛰는 참사가 일어나서 아무도 입주하려고 하지 않으니, 당연히 값도 똥값이 되지."

들뜬 목소리로 호일호는 나불대었다.

"확실히 말해서 투자 가치는 제로에 가까운데 내가 왜 이걸 사려고 하느냐? 궁금하죠? 묻고 싶겠죠. 대답해 드리죠."

바닥을 손바닥으로 탁, 치면서 그는 멋대로 이야기를 계속했다.

"내가 B급 어벤저거든! 그리고 내가 이 빌라에 살면? 어머나, 여기 B급 어벤저가 사니 어보미네이션이 나타나도 괜찮겠네! 이렇게 생각한 사람들이 들어와 살겠죠! 자, 어때요? B급 어벤저 하나로 똥 매물이 A급 매물이 되는 마법이 짠!"

자랑스럽게 설명을 끝마친 호일호는 마지막으로 덧붙였다.

"꼬우면 각성하든가!"

"저기요, 복덕방 아저씨."

고맙게 설명을 들은 최재철은 복덕방 아저씨에게 고개를 돌렸다.

"이 빌라, 나한테 파시죠."

"엉?"

호일호가 눈을 크게 껌벅였다.

"그게 무슨 소리죠?"

"내가 사겠다고 했다."

"뭐라?"

"귀가 막혔나?"

"뭐, 뭐?!"

호일호는 분통이 터진 듯 얼굴을 시뻘겋게 물들이고 주먹을 꽉 쥐었다. 덤벼오면 좋겠는데. 최재철은 생각했지만 아쉽게도 호일호는 그에게 덤벼들지는 않았다.

최재철은 픽 웃고 복덕방 아저씨에게 물었다.

"근데 주인아줌마는 이 빌라 팔고 어쩌시겠대요?"

"시골 내려가서 농사를 지을 모양이던데. 요즘 그게 쉽나? 뭐, 내가 상관할 바는 아니지만. 그래서 정말로 살 건가? 돈은 있고?"

"있으니까 사겠다고 한 거죠."

"빚이라도 내시게?"

호일호가 끼어들었다. 비웃음과 함께. 아직 상황 파악이 안
된 모양이었다. 불쌍하게도.

"그럼 계약하시죠."

복덕방 아저씨의 최재철을 향한 말투가 높임말로 바뀌었다.
아저씨의 머릿속에서 최재철이 그냥 나랑 상관없는 청년에서
거래 대상으로 승격된 순간이었다.

"어어엇, 잠깐! 잠깐!! 아저씨, 왜 이래요? 내가 먼저 왔잖아."

호일호가 다급하게 끼어들었다. 그런 호일호에게 복덕방 아
저씨는 뚱하니 대꾸했다.

"계약을 먼저 하는 게 임자죠."

"웃돈 드릴게요, 백만 원!"

"천만 원."

옆에서 듣고 있던 최재철이 슥 말했다. 호일호가 화들짝 놀
랐다.

"뭐?!"

"아주머니가 나한테 잘해주시긴 했으니까 그 정도 웃돈이
야 얹어드릴 수 있죠."

지금은 최재철의 모습을 취한 김인수가 아주머니의 인성에
대해 제대로 알 리 만무하지만, 월세를 밀려가면서도 쫓겨나

지 않았던 걸 보니 그냥 그랬겠지, 하고 적당히 생각했다. 복덕방 아저씨와 이 호일호에게 잘 부탁한다고 언질도 준 걸 보니 나쁜 관계는 아니었으리라.

"그럼 5억 천만 원인가?"

"그건 아니죠, 아저씨! 제가 깎고 깎아서 4억 5천만 원에 한 걸!!"

호일호의 말에 복덕방 아저씨가 들리지 않게 혀를 찼다. 그 말을 들은 최재철은 고개를 크게 끄덕이며 호일호에게 감사를 표했다.

"고맙네, 청년. 4억 6천만 원으로 하죠."

"어어, 어차피 어벤저가 아니면 제대로 굴릴 수도 없는 자산이라고! 당신, 그냥 아무 생각 없이 지르는 건 아니겠지?"

4억 6천백만 원으로 빌라값을 올릴 생각은 없는지, 호일호가 그렇게 짖어대었다.

"딱 좋은 타이밍이로군."

최재철은 한 번 씨익 웃고, 주머니 속에서 어벤저 네트워크 단말기를 꺼냈다. 그걸 본 호일호가 그 자리에서 굳어버렸다.

"좋은 사업 아이디어 제공해 줘서 고맙네, 청년. 그런데 그런 걸 아무 데서나 떠드는 건 좀 아니지."

최재철은 단말기를 조작해서 라이센스를 꺼냈다. 물론 라이센스 번호는 슬쩍 가렸다. 최재철의 라이센스를 확인한 호일호의 동공이 크게 확장되는 게 최재철에게도 보였다.

"A급… 최재철……. 최재철!"

호일호가 용수철이라도 달린 듯 벌떡 일어나더니, 그 자리에서 90도 각도로 허리를 굽혀 인사했다.

"제가 몰라뵀습니다, 최재철 씨!! 만나 뵙게 되어 영광입니다!!"

"엥?"

"TA에서 차원 균열 탐사에 성공하신 그 최재철 씨 아닙니까?"

그러고 보니 TA의 차원 균열 탐사는 어벤저 네트워크는 물론이고 일반 인터넷에서 큰 화제가 되었다. 팀의 명단까지 공개가 되었다는 건 언뜻 들어서 알고는 있었는데, 그래도 호일호가 이렇게까지 손바닥 뒤집듯 태도를 바꾸는 건 그에게도 의외였다.

"맞긴 맞는데……."

"맞군요! 영광입니다! 악수 부탁드립니다!! 당신처럼 되는 게 제 꿈입니다! 최재철 씨, 존경합니다!! 저, 사인 받을 수 있을까요?"

호일호가 펜을 내밀며 그렇게 말하자 그 펜을 뚱하니 바라보던 최재철은 큭큭 대며 웃었다.

그는 펜을 받지 않았다. 대신 팔찌를 내밀었다.

그 팔찌의 이름은 진홍왕의 유물. 최재철은 아티팩트의 효과를 활성화시켰다.

펜을 내민 호일호는 최재철의 행동에 고개를 갸웃거렸다. 지금 무슨 일이 일어났는지, 이제부터 어떤 일이 일어날 건지 전혀 예상하지 못하는 것처럼 보였다.

그런 그를 보며 최재철은 입을 열었다.

"특이한 놈이로군."

"네? 아, 그런 이야기를 자주 듣긴 하지만……."

"응? 아니, 내가 말한 건 네 능력이야."

호일호의 표정이 굳었다. 최재철은 자리에서 일어났다.

"필사 스킬이라니, 굉장히 희귀한 어벤저 스킬이로군. 군대에서 작전병을 하다 각성하기라도 했나 보지? 중대장 사인을 베껴 쓰다가 각성했나? 뭐, 어떤 식으로 각성했는지는 상관없지. 궁금하지도 않고. 대답하려고 들지 마. 네가 대답해야 할 질문의 답은 이게 아니야."

최재철의 차가운 시선이 호일호에게 내리꽂혔다.

"내 사인을 훔쳐다 어디에 쓰려고 했지?"

"그, 그게 아니라……."

"분석이라는 스킬이 있어. 상대의 능력과 스킬을 확인하는 스킬이지. 자기 스킬로 사기를 치고 다니려면 거기에 대해 카운터가 되는 스킬도 존재한다는 것 정도는 알고 있어야지."

변명하려던 호일호의 입이 다시 닫혔다.

다음 순간.

차원력을 담뿍 머금은 호일호의 펜촉 끝이 최재철의 미간을 노렸다. 기습을 해보려고 했던 것 같지만 상대를 잘못 골랐다. 최재철은 싱긋 웃었다.

최재철의 장저가 호일호의 단전을 때려 부줬다.

"마음 같아선 고자로 만들어주고 싶지만, 그건 너무 가혹한 거 같아서 형벌을 한 단계 낮췄네. 뭐, 서울에는 형법이라는 게 있으니 말일세. 나에게는 죄를 물을 수 없는 방식으로 자네에게 벌을 내리도록 하지."

"무슨, 뭐가? 하나도 안 아픈데, …어?"

겉보기에 호일호에게는 아무런 외상이 없었다. 그러나 그는 어떤 위화감을 느끼고 있었다.

"자네의 차원 코일을 박살냈다."

그리고 최재철은 호일호가 느끼고 있는 위화감의 정체를 알려주었다.

"차원 코일이 뭐, 지?"

"자네도 방금 깨달았을 텐데. 그게 뭔지."

"으어, 으아아아?"

호일호는 비명을 지르려고 했지만 그 비명은 제대로 나오지 않았다. 그의 전신에서 힘이 빠져나가고 있었다. 평소에 신체 강화 능력을 활성화시키고 다녔기에, 차원력의 소실이 일어나자 스킬에 익숙해져 있던 몸을 가눌 수 없게 된 것이다.

최재철에게는 익숙한 광경이었다.

"그래, 자네는 어벤저 스킬을 쓸 수 없는 몸이 되었네. 이제 어벤저가 아니다, 이 말일세."

"하, 악."

호일호는 억울한 눈으로 최재철을 올려다보았다. 그런 그에게 최재철은 차갑게 쏘아붙였다.

"억울하면 다시 각성하든가."

그와 동시에 진홍왕의 유물이 효과를 마쳤다.

"어?"

진홍왕의 유물이 효과를 발휘하고 있는 동안의 기억을 모조리 잃어버린 호일호는 자신에게 무슨 일이 일어났는지 모른다.

"최재철 씨, 사인을… 어?"

진홍왕의 유물이 활성화되기 전의 기억에 따라 그는 최재철에게 펜을 내밀었다. 그 직후, 그는 자신이 필사 스킬은커녕, 기본적인 어벤저 스킬조차 활성화시킬 수 없음을 뒤늦게 깨달았다.

"으아!"

"저 사람 갑자기 왜 저러는가?"

복덕방 아저씨가 고개를 갸웃거렸다. 그 또한 기억이 날아갔으니 영문을 모르는 게 당연했다.

"저도 몰라요. 아무튼 뭐, 펜을 빌려줬으니 기왕지사 이 펜으로 계약하도록 하죠."

호일호의 손에 들린 펜을 최재철은 잡아채었다.

*   *   *

"뭐, 잘 됐군."

세상이 좋아져서 부동산 거래가 상당히 간략화된지라, 최재철은 그 자리에서 부동산 계약을 마쳤다. 계약을 마친 후 호일호와 복덕방 아저씨는 돌아갔다.

돌아가는 동안 호일호는 넋이 나간 것 같은 얼굴을 하고 있었지만 최재철도, 복덕방 아저씨도 상관하지 않았다.

어쨌든 이제 정식으로 이 낡은 빌라 전체가 그의 소유물이 되었다.

덕분에 통장의 잔고는 좀 많이 줄어들긴 했지만, 어차피 이 빌라에 공방을 만들 생각을 하던 차였다. 다른 입주자도 없겠다, 이제 이 공간 전부를 마음대로 활용할 수 있게 된 건 정말 괜찮았다.

복덕방 아저씨에게서 받은 열쇠 다발을 보니 자꾸 웃음이

나왔다. 생각해 보면 10년 전에 그렇게 되고 싶었던 건물주, 흔히 말하는 '건물주님'이 된 거다.

호일호의 말대로 입주민을 받으면 좋은 장사가 되겠지만, 최재철은 그럴 생각은 없었다. 복덕방 아저씨도 자길 통해서 입주민을 받지 않겠냐고 말했지만, 일언지하에 거절했다.

건물주님의 갑질을 할 기회는 없는 셈이지만, 그런 거야 아무래도 좋았다.

"어휴, 주말이라 좀 쉬려고 했는데 그것도 안 되겠네."

비싼 돈 주고 산 빌라다. 이대로 내버려 둘 생각은 추호도 없었다. 공방을 만들고 이것저것 하려면 앞으로 할 일이 태산이었다. 그는 한숨을 내쉬었지만, 그래도 역시 기분은 좋았다.

* * *

어보미네이션 진현우.

아니, 사실 그는 자신의 이름도 몰랐다. 그러니 그를 진현우라고 부르는 것도 조금 이상했다. 그의 신체 중 진현우인 부분은 하반신 정도로, 그의 본질은 진현우와도 거리가 멀었다.

그렇다면 그를 뭐라고 불러야 하는가,라는 질문에 대한 답은 없었다.

그는 아무도 아니었다. 아무것도 아니었다. 외형은 인간인 채, 진현우인 채 어보미네이션이 되어 버렸다. 하나 그는 일반적인 어보미네이션과는 달랐다.

"컹컹! 컹컹컹!!"

그는 자신을 향해 짖는 개를 빤히 바라보았다. 개는 심한 공포에 질려 있었다. 그의 몸에서 새어 나오는 '강한 생물의 오라'가 개로 하여금 두려움을 느끼게 만들고 있었다. 그리고 어보미네이션인 그는 바로 그 개를 습격해 잡아먹어야 했다.

하지만 그는 개를 공격하지 않았다.

"컹컹, 컹컹컹."

대신 개를 따라 짖었다. 그런 어디서도 못 본 기이한 반응에 개는 완전히 쪼그라들어 짖는 걸 멈추더니, 깽깽거리는 소리와 함께 도망가 버리고 말았다.

"컹."

진현우였던 그 존재는 아쉬운 듯 개가 가버린 곳을 바라보고 있었다.

그러나 그것도 잠시.

"······!"

그는 고개를 돌렸다.

쾅!

그가 서 있던 지면이 충격으로 인해 움푹 패었다. 그리고 그 반작용으로 인해 그의 몸은 하늘로 던져지듯 날았다.

그의 시선이 날카롭게 향한 곳은 이미 피로 물들어 있었다. 그 피투성이 속에서 정신없이 무언가를 먹고 있는 어보미네이션이 보였다.

리자드독. 최하급으로 분류되는 어보미네이션이다. 그리고 그의 목표물이기도 했다.

리자드독도 그의 접근을 눈치채고 먹이에서 입을 뗴었다. 그리고 볼 것도 없다는 듯 뒤돌아 도망치기 시작했다.

그러나 이미 늦었다. 한 번 착지한 후, 다시 한 번 지면을 찼을 때 그는 이미 리자드독을 추월하고 있었다. 오른손으로 리자드독의 오금을 붙잡고 그 머리를 땅에 처박아 으깬 그는 리자드독이 부활하기 전에 그 목덜미를 크게 물었다.

되살아난 리자드독은 버둥거렸지만 그의 힘이 훨씬 강했기에 벗어날 수 없었다. 리자드독은 산 채로 그에게 잡아먹히고 있었다.

으적으적.

온몸을 피투성이로 만든 채 결국 비늘 한 조각 남기지 않고 리자드독을 완전히 집어 삼킨 그는 마치 개처럼 몸을 털어 대었다. 그리고 리자드독이 방금 전까지 먹고 있던 먹잇감을 보았다.

개였다. 이미 내장을 완전히 먹혀 절명한 상태인 그 개는 그와 면식이 있었다. 불과 몇 분 전, 그에게서 도망친 개였다.

"……."

그는 개의 시체를 몇 초간 바라보았다.

타타타타. 멀리서 헬기 로터 소리가 들렸다.

그 소리를 들은 그는 본능적으로 달리기 시작했다. 도망쳐
야 했다. 이유 같은 건 몰랐다.

                    *   *   *

어느새 시각은 오후가 되어 있었다.

한창 작업에 열중하던 최재철은 문득 고개를 들었다. 이마
에 송골송골 맺힌 땀을 닦은 그는 진동하는 어벤저 단말기를
집어 들었다.

"여보세요?"

─아, 선생님!

전화를 걸어온 상대는 오연화였다.

─뭐 하세요?

"집 고쳐."

틀린 말은 아니었다. 다만 그 작업의 규모가 그냥 집 고친
다는 말과는 꽤 차이가 컸다.

그는 지금까지 1층부터 3층까지의 벽과 바닥, 천장을 다 터

서 큰 공동을 만들고 있었다. 차원력 커터로 쓱삭쓱삭 썰어대는 다소 무식한 방식이었다. 철근 콘크리트는 그의 커터 앞에서 두부처럼 썰려 나갔다.

배선과 수도관 등이 도중에 걸려 터지기는 했지만 내용물이 흘러나오기 전에 인롱의 팔찌를 이용한 공간 절단 능력으로 막았다. 임시조치다. 나중에 실리콘이라도 부어둘 생각이었다.

어쨌든 그 결과, 3층 높이의 강당 같은 공간이 만들어졌다.

'이거 건축법 위반이려나.'

자신이 만들어낸 공간을 둘러보며, 최재철은 헛웃음을 지었다.

"그런데 왜?"

ㅡ아, 놀자고요.

용건 참 심플해서 좋았다.

"오늘은 좀 쉬려고 하는데."

ㅡ지난주에는 지희 언니랑 놀았다면서요.

전화통 너머 오연화는 잔뜩 삐친 목소리로 항의했다.

ㅡ이번 주는 제 차례잖아요.

"아니, 그건 내가 정하는 거지."

ㅡ그건 그렇긴 하지만…….

"작업을 마무리하고 내가 다시 연락하지."

―아, 네!

확 밝아진 목소리로 오연화가 대답했다. 그 대답을 들은 최재철은 픽 웃었다. S급이고 뭐고, 이런 것만 보면 그냥 어린애다.

*　　　*　　　*

약속 장소로 나가보니 이지희와 오연화가 함께 있었다.

"주말까지 회사 동료들과 함께라니."

"아니, 제가 단순한 회사 동료는 아니죠."

이지희가 단호하게 고개를 저었다.

"스승과 제자 사이죠."

"선생과 학생 사이죠."

오연화가 끼어들었다.

"미안하군. 놀자고 불러낸 건데."

"아뇨, 쇼핑도 놀이니까요."

최재철의 말에 오연화는 그에게 달려들어 손을 잡고는 싱글벙글 웃었다. 그걸 본 이지희는 망설이다가 큰마음이라도 먹은 듯 심호흡을 한 번 한 후에 최재철의 반대편 손을 잡았다. 최재철이 뿌리치지 않자 안심한 듯 배시시 웃는 모습이 뭐, 귀엽기는 하다.

그런 그들의 모습을 보며 사람들이 수군거리기 시작했지만, 최재철은 크게 신경 쓰지 않았다.

"자, 가자고. 그럼."

"뭐부터 사면 돼요?"

"냉장고?"

최재철의 세간 장만을 위해 그들은 여기, 용산에 모였다.

서울의 전자 제품 유통망은 WF가 거의 장악하고 있다고 들었고, 최재철은 WF에게 한 푼의 이득이라도 주고 싶지 않았기 때문에 이런 재래식 시장으로 발을 들이게 되었다.

하지만 용산이 WF 유통망과의 경쟁으로 약해졌다 한들 착해진 건 아니다. 여긴 여전히 마굴이다.

오히려 약해졌기 때문에 호구의 주머니를 한 푼이라도 더 악착같이 긁어먹으려 든다. 이런 용산 상인들의 악랄함 때문에 더욱 사람들이 용산을 떠나 WF의 유통망을 이용하게 되는 악순환이 일어나고 있기도 하다.

이 악순환에 대해서는 여기 상인들도 잘 알고 있다. 그럼에도 용산의 이미지를 조금 좋게 만드는 것보다는 자기 호주머니에 10만 원 더 꽂히는 걸 선호한다. 왜냐하면 당장 배가 고프기 때문에.

'그런 속사정이야 뭐, 내 알 바 아니지만.'

이런 악순환으로 인해 이득을 보는 게 결국 WF라는 건 마음에 들지 않는다.

어쨌든 주말인지라 용산에는 사람들이 많았다. 대부분 용산 전자 상가를 가로막고 선 거대한 백화점의 이용객이긴 하지만.

그 백화점을 뒤로하고 전자 상가로 향한 그들은 미리 인터넷으로 사전 조사를 해둔 가게로 향해 필요한 전자 제품들을 샀다.

어벤저 라이센스를 보여주면 재미있을 정도로 가격이 깎여 나갔다. 면세 혜택은 물론이고 본래 씌우려던 바가지까지 저절로 벗겨져 나가니 당연하다면 당연했다.

"너희 말이 맞았군."

"그렇죠?"

어제 여자끼리만 가서 노트북을 샀을 때의 상황이 그대로 재현되고 있었다. 어제 이야기는 전해 들은 것뿐이지만, 실제로 눈앞에서 같은 일이 벌어지니 그저 웃겼다.

사려고 했던 물건들을 다 사서 퀵 서비스로 보내고, 그 물건을 받아서 설치하기 위해 이제 최재철도 집으로 가야 했다. 하지만 이대로 얼굴만 보고 헤어지기도 좀 뭣해서, 최재철은 평소라면 하지 않을 제안을 여자들에게 했다.

"너희도 올래?"

"가도 돼요?"

오연화의 반짝거리는 눈동자를 보고, 최재철은 일순간 후회를 했다.

"와도 재밌는 건 없어."

"그건 저희가 결정하는 거죠."

이지희도 어째 덩달아 들떠 있었다.

*　　　　*　　　　*

최재철과 이지희, 오연화는 최재철의 집에 도착했다.

"여기가 스승님 집이로군요."

"낡고, 좁고, 더럽지."

최재철은 자신의 집에 대해 그렇게 평했다. 사실이기도 했다.

"저기, 선생님."

오연화가 최재철의 소매 끝을 죽죽 당겼다.

"오늘 여기서 자고 가도 돼요?"

"집까지 데려다 주마."

최재철은 싱긋 웃으며 대꾸했다. 실망한 오연화가 피이, 하고 삐친 척을 했다.

"여기 월세는 어떻게 되나요?"

그렇게 묻는 이지희의 표정은 진지했다.

"보통은 그런 거 묻는 거 실례라고⋯⋯. 뭐, 상관없지만, 보증금 200에 월세 35."

"엄청 싸네요?!"

"싼 거야?"

놀라는 이지희의 반응에 오연화가 어리둥절해했다. 부동산에 대한 기본 지식 같은 건 없는 모양이었다. 하기야 10대 소녀에게 그런 지식이 있는 게 더 이상하긴 하다.

"어보미네이션이 나왔었대."

"아⋯ 그래서."

이지희는 납득한 듯 고개를 끄덕였다.

"저기요, 선생님."

오연화가 최재철의 소매를 당겼다.

"자꾸 소매 당기지 마. 소매 늘어날라. 그런데 왜?"

"이 빌라에 남는 방 있나요?"

"왜, 살게?"

"네!"

그런 오연화의 말에 이지희가 의외인 듯 눈을 깜박거렸다.

"넌 좋은 집에 살면서 왜?"

"아무리 집이 좋고 넓어봐야 혼자 살면 별 의미가 없더라고."

10대 여자애의 입에서 나올 만한 말은 아니다. 하지만 오연화의 배경을 들어서 알고 있는 최재철의 입장에선 쓸쓸하게 들렸다.

"그럼 지희랑 같이 사는 게 어때? 그렇게 외로우면. 뭐, 지희가 괜찮다면 말이지만."

최재철의 제안에 오연화는 싫지는 않은 듯 이지희를 올려다보았다.

"그것도 나름 괜찮겠네요. 선생님도 같이 사는 거 어때요?"

"가, 같이……."

이지희가 무슨 망상을 한 건지 뭔가 중얼거리기 시작했지만, 최재철은 신경 쓰지 않았다.

"아니, 오늘 냉장고랑 뭐랑 다 샀는데 무슨 소리야."

"하긴, 그건 그렇네요. 환불하죠!"

"결론이 이상한데?"

그런 이야기를 하고 있는 도중에 바깥에서 노크 소리가 들렸다. 퀵으로 보내두었던 전자 제품들이 도착했고 기술자들이 설치를 시작했다.

"뭐, 차라도 대접해야 되는데 집이 영 어수선하네. 설치 끝나면 나가서 뭐라도 먹지. 이번에는 내가 살게."

"아, 네!"

이지희가 고개를 끄덕였다. 오연화의 반응은 조금 색달랐다.

"뭐 먹을 건데요?"

"글쎄, 돈가스?"

"돈가스?"

"넌 생선 커틀릿?"

그렇게 저녁 메뉴에 대한 잡담을 하고 있노라니 설치가 끝났다. 모든 제품이 정상적으로 작동하는 걸 확인한 후, 토요일 오후 늦게까지 수고해 준 기술자들에게 적절한 금액의 팁을 주니 그들은 고맙게 받았다.

"나 어렸을 때는 이런 빌라에 살면 기사들도 막 무시하고 그랬는데."

최재철은 옛날 생각에 잠겼다. 별로 좋은 추억이라고 할 것도 아니었지만, 잠깐 피식거릴 에피소드 정도는 되었다.

"아마 어벤저인 거 듣고 와서 그럴 걸요."

"아아, 그래서 그런가?"

오연화의 말에 최재철은 납득한 듯 고개를 끄덕였다.

"뭐 됐다. 이제 밥 먹으러 가자."

＊　　　＊　　　＊

저녁은 파스타였다. 지난주에 이지희와 함께 갔던 집이었는데 오연화가 가자고 주장해서 가게 되었다. 셋이서 식사를 마

치고 최재철은 여자들과 헤어진 후 냉장고에 넣을 반찬거리를
적당히 사서 집으로 돌아갔다.

"별로 쉬지도 못했군."

계란을 냉장고에 넣으며, 최재철은 투덜거렸다.

이제 곧 밤이 온다. 묻어두었던 계책을 활성화시킬 때가 왔
다.

"내일 해도 상관은 없지만."

최재철의 오른팔에 낀 반지 운반자의 팔찌가 빛을 발했다.

"역시 난 인내심이 없어."

픽 웃으며, 그는 집을 나섰다.

*   *   *

최재철은 은빛 실의 인도에 따라 움직이기 시작했다.

아니, 지금 그는 최재철이 아니다. 강철 가면을 쓴 괴한, 에
스파다 도 오르덴으로서 김인수는 움직이고 있었다.

은빛 실의 끝은 조상평과 연결되어 있다. B급 어벤저이자
이지희를 납치하기 위해 WFF의 사장 진가충의 명령으로 움
직였던 그는 지금 다른 임무에 배정되어 있을 터였다.

에스파다 도 오르덴이 WF에 거하게 선전포고를 해버렸으
니, 진가충이 어지간히 이지희에게 미쳐 버리지 않은 이상 병

력을 허투로 쓸 수 있을 리가 없다. 아마도 경기권의 차원 균열 방어에 돌려졌을 가능성이 높았다.

그리고 그런 김인수의 예상은 맞아들었다. 경기권이라는 예상만 조금 빗나가 조상평 일당은 지금 세종시의 남쪽에 위치한 차원 균열의 벙커에 들어가 있었다.

어떻게 그렇게 자세하게 아는지에 대한 질문의 답은 간단하다.

지금 김인수가 여기에 있기 때문이다.

사단 신병 교육 대대였던 장소에 뻐끔히 입을 연, 지금은 WF의 소유물인 차원 균열 앞에 그는 강철의 가면을 쓴 채 서 있었다.

그리고 김인수를 막아서야 할 조상평 일당은 그의 앞에 무릎을 꿇은 채 엎드려 있었다.

조상평을 비롯한 B급 어벤저들은 자신들이 왜 이렇게 행동하는지 영문을 모를 터였다. 그러나 그들의 영혼 깊숙한 곳에 새겨진 공포와 복종심은 그들이 스스로의 행동을 자신의 이성으로 통제할 수 없도록 만들어놓았다.

상대가 이지희가 아니지만 상관없었다. 에스파다 도 오르덴, 즉 김인수로부터 흘러나오는 차원력은 그가 자신들의 주인임을 무엇보다도 명확하게 알려주고 있었으니까.

"아니, 미친! 뭐 하는 짓들이에요?!"

총을 든 경비대장은 김인수와 그의 앞에 무릎 꿇은 어벤저들을 보고 어이가 없어 소리 질렀다. 이해가 안 갈 만도 했다. 차원력을 가지지 못한 일반인은 상대의 차원력도 감지하지 못하니까.

차라리 야생동물이라면 김인수가 시야에 들어오자마자 바로 도망가겠지만, 생물로서의 본능이 많이 퇴화한 인간은 그러지 못한다.

경비대장의 외침에도 조상평 일당은 일어나지 못했다. 부들부들 떨면서 그냥 그 자리에 절을 하고만 있을 뿐이었다.

"하, 나 진짜. 야, 안 되겠다. 그냥 쏴라! 저것들까지 쏴버려!!"

경비대장은 그냥 어벤저들을 무시하고 독자적인 작전을 수행하기로 마음먹었다. 임무를 수행하겠다면 적절한 선택이었다.

경비대원들은 훈련을 잘 받은 것인지 일사불란하게 대장의 명령에 따라 방금 전까지 아군이었던 어벤저들을 향해 총구를 겨누었다.

그러나 그 총구가 불을 뿜는 일은 없었다.

조상평이 가장 먼저 뛰어들어 경비대장의 총을 빼앗고 그를 제압했다. 다른 경비 부대원들도 같은 운명을 피하지 못했다.

불과 다섯 명의 어벤저에게 30명의 경비대원이 총 한번 못

쏴보고 제압당했다.

원래대로라면 현대 병기가 어중간한 어벤저 스킬을 능가해야 하겠지만 상대가 기습을 가한 것도 있고 그들이 어중간한 어벤저가 아닌 탓도 컸다.

B급 어벤저는 결코 어디에나 널려 있는 흔한 존재가 아니다. 어디까지나 김인수가 격을 뛰어넘은 존재일 뿐.

"후."

김인수는 짧게 웃었다. 그 웃음을 받은 조상평 일당은 황송한 듯 다시 그에게 무릎을 꿇고 허리를 숙이며 양손을 펼쳐보였다.

"그래, 잘 했다."

"황, 황송, 하옵니다."

김인수의 칭찬을 받은 조상평이 떠듬떠듬 말했다. 환희의 눈물이 걷잡을 수 없이 그의 눈에서 흘러나오고 있었다.

"이제 자네들은 WF에서 내처지게 되겠지. 어쩌면 목숨을 위협받을지도 모르네. 그건 마음이 아프군. 그렇게 내버려 둘 수는 없지."

김인수는 차원 금고에서 사람 머리만 한 상자를 하나 꺼냈다.

"받게. 자네들이 내게 바친 충성의 대가일세."

"성은이, 망극하여이다!"

상자의 내용물이 뭔지 확인하지도 않고, 조상평은 감격에 겨워 외쳤다.

"상벌은 명확히 해야 하는 법이지."

김인수는 다시 한 번 픽 웃고, 차원 균열 안으로 몸을 날렸다. 조상평은 감히 그 뒷모습을 바라볼 생각을 하지 못하고 그 자리에 계속 엎드려 있었다.

잠시 후, 그가 확인하게 될 상자 속을 가득 채운 내용물은 보석이었다. 현물 가치로 대략 100억 원에 해당할 그 보석들을 그들은 감히 팔아치우지 못하고 가보로 삼게 될 터였다.

*   *   *

김인수가 세종시의 차원 균열을 닫음으로써 진가충이 입은 피해는 지대했다.

세종시 차원 균열 자체의 가치는 그리 크지는 않다. 이게 닫혔다 한들, WF 본사가 입은 피해는 미미했다.

문제는 세상일이라는 게 그렇게 덧셈, 뺄셈으로 간단히 돌아가는 게 아니라는 것.

진가충이 직접 언론 앞에 모습을 드러내어 재발 방지를 약속한 다음 날이니만큼, 그 역반응은 더욱 클 수밖에 없었다.

같은 일이 세 번이나 일어났다. 이제 사람들도 어느 정도

법칙성을 눈치챌 때가 됐다. 에스파다 도 오르덴의 이름까지는 퍼지지 않았어도 강철 가면을 쓴 괴한이 차원 균열을 닫고 돌아다니는 것 같다는 소문이 이미 정보꾼들 사이에서는 돌기 시작했다.

더군다나 닫힌 차원 균열은 오로지 WF의 차원 균열뿐, TA나 국가 소유의 차원 균열은 멀쩡했다. 강철 가면의 괴한이 WF에 원한을 가지고 이런 일을 벌인다는 소문이 퍼질 법도 했다.

소문 치고는 지나치게 황당한 소리라 원래대로라면 믿지 않아야 했다.

하지만 닫힌 차원 균열의 숫자도 공식적으로는 아홉 개. 정보꾼들은 WF가 먼저 '발견'한 차원 균열도, 강철 가면에 의해 닫혔다는 소식도 이미 손에 넣었다. 합쳐서 열 개째. 무시할 수 없는 숫자다.

아무리 황당한 소리라 한들, 실제로 소문대로 일이 움직이고 WF에 투자한 자기 돈에서 손해가 나자 믿고, 안 믿고는 둘째 치고 투자한 돈은 일단 뺄 수밖에 없다.

그나마 주말이라 주식 매매가 중지되어 그 피해가 수치적으로 드러나지는 않았지만, 월요일이 오지 않길 바라는 개미 투자자들이 인터넷에 토해낸 불꽃같은 반응은 앞일을 익히 예상할 수 있게 만들었다.

"새로 산 TV가 굉장히 만족스럽군."

최재철은 자택에 앉아 느긋하게 TV 뉴스를 감상하고 있었다. 본래 뉴스란 감상의 대상으로 적합하지 않지만, 지금 흘러나오는 뉴스는 그를 대단히 흡족하게 만들어주고 있었다.

물론 강철 가면의 괴한 같은 뜬소문을 공중파에서 다루지는 않았다. 하지만 공식적으로 확인된 WF의 소유의 차원 균열이 닫혔다는 소식은 WF에서 검열할 수는 없었던 모양이었다.

그 와중에 재미있는 뉴스도 있었다.

진가충 사장, 급환으로 인한 입원.

"하!"

이 소릴 듣고도 웃지 않을 수가 있을까. 대기업 회장들이 위기에 처할 때면 활용한다는 입원 카드를 고작 계열사 사장 따위가 쓰고 있는 걸 보면서 지어야 할 표정은 역시 웃는 것이다. 적어도 WF에 원한을 가진 이라면 모두 웃을 것이다.

급환으로 인해 업무 수행이 불가능해진 진가충 사장을 대신해 유연학 사장 대행이 업무를 대행할 것으로 알려져 있습니다. 유연학 사장 대행은 진가충 사장이 취임하기 전까지 사장직을 수행했던 인물로…….

　이어지는 아나운서의 자세한 소식도 웃음을 자아냈다. 불과 며칠 전에 퇴임했던 유연학을 도로 앉혀서 사태를 수습하게 하다니. 소식을 전하는 아나운서 본인은 어디까지나 진지했지만, 그건 그의 직업의식에서 우러난 것일 터였다.

　최재철은 기지개를 폈다. 아침 식사로는 어제 저녁에 사다놓은 달걀을 부쳐 먹을 생각이었다.

　아주 맛있을 것이다.

* 　　　 * 　　　 *

　진가충은 병원에 입원하지 않았다. 입원했다는 건 좋을 리없는 여론을 식히기 위한 방편이었다. 자주 쓰이는 방편이기에 별로 효과는 없을 테지만 안 하는 것보다는 나았다.

　이미 입원하는 사진은 찍어둔 터였다. 휠체어를 타고 다 죽어가는 낯빛으로 기자들의 플래시 세례를 받는 건 결코 기분좋은 일이 아니었지만, 그래도 해야 했다.

　그래서 지금 진가충은 몰래 그의 자택으로 돌아와 있었다. 원래대로라면 그냥 병원에서 조용히 누워 있는 게 좋지만, 답답해서 병실에 누워 있기가 싫다는 그의 의견 때문에 완전히 선팅된 리무진까지 동원해서 그를 빼내야 했다.

"내가 뭘 잘못했다고 이렇게 죄 지은 사람처럼 숨어 다녀야 하는 건가!"

이를 득득 갈며, 진가충은 자신의 비서에게 화풀이를 했다.

그가 잘못한 거야 물론 많지만, 적어도 어제 일어난 일에 대한 그의 잘못은 지분이 그리 크지는 않았다. 그렇다고 이번 일이 그의 책임이 되지 않는 것은 아니지만, 진가충은 그런 것까지 생각할 정도의 위인은 아니었다.

"참으십시오, 사장님. 지금은 상황이 좋지 않습니다."

"끙!"

그는 신경질적으로 휠체어에서 일어났다.

"몸을 풀어야겠어. 적당한 여자를 데리고 오게."

"적당한 여자 말입니까?"

"그래. 아무나 말고. 적당한 여자 말일세!"

비서는 곤혹스러운 듯 대답을 망설였다. 진가충이 말하는 '적당한'의 기준은 상당히 높았다. 적어도 현직 연예인 정도는 되어야 했다. 당연하지만 그 정도의 인물을 지금 당장 대령하기는 힘들었다.

"적당한 여자라면 난 어때?"

그때 집 안에서 목소리가 들렸다. 그 목소리를 들은 진가충의 움직임이 굳었다. 비서도 마찬가지였다.

"네가 왜 여기 있지?"

그렇게 묻는 진가충의 시선은 비서를 향해 있었다. 비서는 필사적으로 고개를 저었다.

"우리 집에 내가 못 있을 이유가 있나?"

"여긴 내 집이야."

"내 집이기도 하지. 불만스러우면 이혼이라도 하던가."

목소리의 주인인 여자가 방문을 열고 나왔다. 나이는 20대 중후반 정도로 보이는 대단히 아름다운 여자였다. 그러나 진가충은 그녀가 두렵기라도 한 듯 그녀의 차가운 시선을 피했다.

그녀의 이름은 유곽희. 진가충의 처였다. 지금 WFF의 사장 대리를 맡고 있는 유연학의 딸이기도 했다. 그리고 유연학은 진가충의 부친인 진가규의 심복이었고, 친구이기도 했다.

"…우린 별거 중 아니었나?"

"이렇게 재미있는 일이 일어나는데 집에 안 돌아와 볼 수가 없더라고."

유곽희의 말에 시선을 피하고 있던 진가충은 슬그머니 그녀에게 시선을 돌렸다.

"날 놀리러 온 건가?"

"그것도 매력적인 선택이로군. 하지만 그것보다 더 중요한 용건이 있어."

"빨리 말해."

"현우가 죽었다며?"

진가충은 시선을 비서에게 돌렸다. 비서는 재빨리 고개를 저었다.

"죽은 게 아니야. 행방불명된 거지."

"행방불명된 셈 치는 거로군."

"뭐, 그렇다고 해두지."

아들이 죽었거나 행방불명되었다는데도 여자의 목소리는 밝기만 했다. 왜냐하면 유곽희는 진현우의 친모가 아니었기 때문이다. 진현우와 비슷한 연배인 그녀는 진가충의 두 번째 처였다.

"죽은 걸로 해두지그래. 그편이 내게 좋거든."

눈을 가늘게 뜨며 유곽희는 말했다. 그 눈빛 속에는 야망이 타오르고 있었다. 진가충은 그 눈을 똑바로 쳐다보지 못하고 고개를 돌리며 그녀에게 종용했다.

"용건을 말해."

"별거 아니야."

유곽희는 방 안쪽을 향해 시선을 돌렸다.

"남아, 나오렴."

"남?"

진가충의 눈썹이 꿈틀거렸다.

남. 진남. 이름은 남이지만 여자애다.

진가충과 유곽희 사이의 자식으로, 진가충의 둘째 딸이라고 할 수 있다.

남이라는 이름은 진가충 본인이 지었다. 그 이름의 의미는 간단했다. 한자로는 남녘 남을 쓰지만, 뜻은 순 한국어다. 혈육이 아닌 남이라는 뜻이다. 아버지가 딸에게 지어주기에는 다소 가혹한 이름이지만, 그럴 만한 이유가 있었다.

남이 못생겼기 때문이었다.

지금은 나이를 먹어 다소 얼굴이 무너졌지만 젊은 시절엔 남자답게 생긴 인상이라고 칭찬을 받았던 진가충과 절세미인인 유곽희의 딸이라고는 믿어지지 않을 정도로.

진가충은 진남이 못생긴 게 가장 마음에 안 들었지만, 싫은 이유는 그것뿐만이 아니었다.

진남은 진가충과 전혀 닮지 않았다. 발가락조차 닮지 않았다.

유곽희에게 내연남이 있다는 건 진가충도 알고 있었다. 그 내연남을 몇 개월도 안 가서 쉽없이 갈아치운다는 것도. 진가충이 남의 말을 할 처지는 아니다. 그가 끊임없이 미성년 여자애들을 불러다가 먹어치우고 있다는 것을 유곽희도 알고 있었다.

어차피 정략결혼에 가까운 관계였으니, 이 정도는 서로 감안해 줄 수 있었다.

하지만 딸은 다르다. 그냥 생판 남이나 다름없는 딸에게 혈육의 정을 주라니, 그건 싫었다.

그래서 지은 이름이 남.

그 남의 이름을 지금 유곽희가 부른 것이다. 부부에게 있어서는 서로에게 역린이라 부를 수 있는 인물을.

진가충이 아무리 유곽희에게 약하다지만, 눈썹을 꿈틀거릴 정도는 되었다.

하지만 그의 표정은 곧 변했다.

"예쁘게 컸구나."

옛날엔 안 그랬는데. 진가충은 그 말을 목구멍으로 삼켰다.

진남은 아름다워졌다. 예전의 모습은 온데간데없었다.

대체 무슨 술수를 쓴 건지, 진가충은 잘 알고 있었다. 현대 의학과 WF의 기술을 이용하면 이 정도는 가능하다. 엄청난 돈과 에너지, 그리고 진남 본인의 고통이 필요했겠지만 그 결과물은 대단히 만족스러웠다.

중학교 교복으로 몸을 가리고는 있지만, 진가충의 눈에는 아주 잘 보였다.

이제 겨우 10대 중반의 한국인 소녀로는 보이지 않는 풍만한 가슴, 가녀린 팔다리와 대비되도록 단단히 단련된 등과 허리, 그리고 엉덩이의 근육.

한 가지 목적만을 위해 단련된 몸이다.

"교육을 아주 잘 시켰군."

진가충의 말이 어떤 의미인지 알아듣지 못할 유곽희가 아니었다.

"그렇지?"

유곽희가 자랑스러운 듯 말했다.

얼굴마저도 이지희와 똑 닮아 있었다. 대체 어디서 정보를 얻은 건지, 생각해 보면 가슴속이 서늘해질 만도 하련만. 반응은 가슴보다도 그의 중심에서 먼저 왔다.

진가충의 눈동자에서 욕망이 피어올랐다.

"당신 말이라면 뭐든지 들을 거야."

은근한 유곽희의 말이 그의 마음을 더욱 동하게 만들었다.

"뭐든지?"

"그래. 당신의 후계자가 될 수만 있다면 …뭐든지."

그 뭐든지에 어떤 행위가 포함되어 있는지, 이 자리에 있는 누구나가 알고 있었다.

진남 본인조차도.

"당신 형님한테는 분명 자식이 없었지?"

"그래, 맞아."

유곽희의 물음에 진가충은 대강 대답했다.

"그렇다면 후계자는……."

"현우였지."

원래는.

하지만 진현우는 죽었다. 되살린 '것'도 행방불명되었다.

그럼 이제부터 어떻게 될까?

진가충은 그런 걸 생각하지는 않았다. 진현우는 어차피 전처의 자식이었고, 전처 또한 정략결혼이었다. 진가충은 전처에게 애정도, 애증도 없었다. 진현우는…….

'응? 현우는?'

아들이었다. 그런데도 아무것도 느껴지는 게 없었다. 놀라울 정도로.

있을 때는 그저 귀찮은 존재였을 뿐이었다. 오히려 죽고 나니 시원스럽기까지 하다.

진가충의 아버지인 진가규는 딱 하나 있는 손자인 진현우를 꽤나 아껴서 무슨 말이든 다 들어주고는 했지만 그는 아니었다.

'이상하다. 처음부터 그랬나?'

그 '처음'이란 게 생각나질 않았다.

'에잉, 아무럼 어때.'

진가충에게 있어서는 별로 중요한 일도 아니었다. 중요한 일은 지금부터 일어날 일이었다.

뭐든지.

얼마나 아름다운 단어란 말인가.

그 단어가 이미 그의 머릿속을 마구 휘저어놓은 터였다. 다른 생각은 안 날 정도로.

진가충은 입술을 핥았다.

＊   ＊   ＊

진가충이 입술을 핥는 것을 본 유곽희가 입술을 핥았다. 욕망에 불타오를 때 나오는 부부의 공통된 습관이었다. 물론 지금은 진가충과 유곽희가 느끼는 욕망의 종류는 달랐지만, 그래도 유곽희는 나쁜 습관이라고 생각했다.

저 남자랑 같은 습관이라니. 혐오스럽기 그지없었다.

'자기혐오는 나중에나 하자.'

유곽희는 자랑스러운 '딸'의 머리를 사랑스러운 듯 쓸어주며 속삭였다.

"남아, 아빠한테 마음껏 어리광을 부리렴. 아빠 말 잘 듣고, 가르친 대로 잘 하려무나."

유곽희의 속삭임은 진가충에게도 들렸다. 저 하반신밖에 없는 것 같은 남자가 군침을 삼키는 것 좀 보라지!

그녀는 툭하면 터질 것만 같은 비웃음을 삼키느라 애써야 했다.

"…네, 어머니."

진남의 대답이 돌아왔다. '딸'의 얼굴에는 어떠한 표정도 드러나 있지 않았다. 그러나 그녀를 훈련시킨 장본인인 유곽희의 눈에는 진남의 가슴속에 피어오르고 있는 감정이 무엇인지 손에 잡힐 듯 알았다.

유곽희에 대한 두려움과 진가충에 대한 혐오, 그리고…….

그녀 자신의 야망.

진남이 자신의 입술을 핥는 것이 보였다. 진가충에게는 보이지 않는 각도로 슬쩍. 하지만 유곽희에게는 보였다.

'피도 섞이지 않은 계집애가 나를 따라 하는 걸까? 앙큼한 것.'

진남은 유곽희의 딸이 아니다. 정확하게는 '이' 진남이 그녀의 딸이 아니다. 하지만 이번 일을 잘 해낸다면, 그녀는 진짜 진남이 될 터였다. 그렇게 약속해 두었다.

"넌 잘 해낼 거야."

유곽희는 진남의 머리를 쓸어주며 말했다. 그녀의 손길에 진남의 움직임이 움찔 굳는 것이 손끝에서 느껴졌다.

'귀여운 것.'

유곽희는 생각했다. 진남은 자신이 직접 교육했다. 저 남자의 심장을 송두리째 사로잡는 것 따위 일도 아니리라.

"그럼 난 이만. 남이를 잘 부탁해."

"그, 래. 잘 가."

이미 진가충은 유곽희 쪽은 쳐다보고 있지도 않았다. 그의 시선은 진남에게 박혀 있었다. 그녀가 바라던 대로였다.

유곽희는 또각또각 하이힐 소리를 내며 진가충의 자택에서 나왔다. 이곳은 곧 욕망의 소용돌이가 휘몰아치는 장소가 될 것이다. 그런 꼴을 직접 보고 싶은 마음 따위는 그녀에게 없었다.

그녀는 자택 앞에서 대기하고 있던 리무진에 몸을 실었다.

"일주일 정도는 푹 빠져 지내겠지."

"딱 좋군요."

리무진 앞좌석에서 대답이 들려왔다. 남자의 목소리였다.

계속 실실 웃고 있는 이 남자는 어벤저였다. 진가충의 심복인 S급 7위 랭커, '웃는 얼굴의 헌터' 아가임이었다. 본래 진가충의 명령에 의해 파주 차원 균열을 지키고 있어야 하는 그가 명백히 근무시간인 지금, 여기에 있는 건 이상한 일이었다.

"어디로 갈까요?"

"그걸 나한테 묻는 거야?"

"전 한낱 소유물이니, 주인님의 의향을 항상 물어야 합니다."

아가임의 말에 유곽희가 흡족하게 웃었다.

"모략이 하나 성공했으니 다음 모략을 실행할 때까지는 쉴 시간이 필요해."

"그럼 쉴 곳으로 모시죠."

"그래."

리무진이 출발했다.

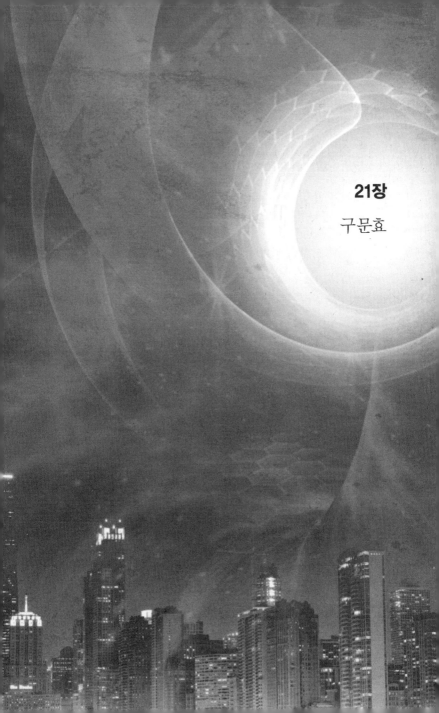

21장

구문효

일요일에는 푹 쉴 참이었다. 정말 아무것도 안 할 셈이었다.

김인수는 요 일주일 사이 밤낮 없이 활동했다. 낮에는 TA 소속의 A급 어벤저 최재철로서, 밤에는 강철 가면의 괴한 에스파다 도 오르텐으로서.

하지만 아무리 대마법사라고 해도 인간인 이상, 일주일 내내 이렇게 살 수는 없었다. 하루 정도는 쉬어줘야 했다.

아침 뉴스를 보고 난 후, 계란 요리로 요기를 한 그는 그대로 이불 속에 꾸물꾸물 파고들었다.

그러고는 푹 잤다. 오전 11시가 넘어가도 그는 일어날 생각도 하지 않았다. 그렇게 일요일의 정오가 소리 없이 찾아왔다.

문득 전화기가 울렸다. 정확히는 어벤저 전용 단말기의 전화기 기능이 울리고 있었다. 그는 얼굴을 베개에 파묻은 채 손만을 뻗어 단말기를 집었다.

"…여보세요."

잠에 취한 상태에서도 최재철의 목소리를 낼 생각을 한 건 다행이었다. 사실 생각보다 먼저 기술이 나간 것이긴 하지만, 어쨌든.

—아, 형!

전화기 너머에서 들린 목소리는 구문효의 것이었다.

"웬일이냐, 이 새벽에."

—새벽이요? 아뇨, 정오인데요.

"아, 그래?"

—주무시고 계셨어요?

"어."

잠에 취한 목소리로 그는 대강대강 대답했다.

"그런데 왜?"

—아, 아니에요. 끊을게요. 계속 주무세요.

"빨리 말해."

—…모르는 게 있어서요. 신체 강화 능력에 대해서…….

최재철은 눈을 번쩍 떴다. 상반신을 번쩍 일으킨 그는 전화기를 다시 제대로 잡았다.

"구문효."

—네, 형.

"오늘은 일요일이다. 쉬는 날이지."

—네, 형.

"그런데 넌 모르는 게 있어서 나한테 연락을 했다."

—죄송해요.

"넌 역시 훌륭하다."

—…네?

"그래, 역시 교육에서 중요한 건 예습, 복습이지. 쉬는 날임에도 너는 네 어벤저 스킬에 대해서 점검하고 다듬은 거로군. 그리고 나한테 배운 것도 복습했고."

—아, 네. 그야…….

"아주 좋다."

—…형?

"모르는 것이 있으면 포기하거나 그냥 넘어가지 않고 내게 전화를 건 것도 좋다. 마음에 들어. 교육생으로서 당연히 해야 할 것임에도 이걸 실제로 하는 인간은 대단히 드물어."

—아니, 저기…….

"모르는 게 뭐냐?"

—그게, 직접 봐주셔야…….

"내 집에 와라. 좌표를 찍어주지."

최재철은 말했다. 잠은 이미 훅 달아난 지 오래였다.

"교육해 주마."

그의 두 눈동자는 교육열로 불타고 있었다.

＊　　　　　＊　　　　　＊

"이 낡은 빌라에 이런 공간이 있었군요?"

구문효는 눈을 반짝이며 말했다. 그가 지금 있는 장소는 어제 최재철이 빌라의 3층까지 벽과 천장을 싹 터서 넓어진 공간이었다. 여기에 그를 데려온 건 물론 최재철이었다.

이 공간은 원래 공방으로 쓰기 위해서 개조했지만, 아직 설비 같은 건 들여오지 않은 상태였다. 최재철을 비롯한 현오준 팀은 차원 균열 안에서 하급 어보미네이션의 해골만 가져온 상태라 최재철의 명의로 공방을 운영하기에는 아직 좀 애매했다.

사실은 공방을 꾸미기 귀찮아서 뒤로 미룬 것뿐이지만 실제로 급할 게 없기도 했다.

"일요일인데 회사의 체육관을 쓰기도 좀 그렇잖아?"

그래서 최재철은 오늘 이 공간을 체육관 대용으로 쓸 생각이었다. 매트 같은 건 없지만 어벤저한테 그런 게 필요하겠는가. 아니, 필요 없다.

"자, 그래서 궁금한 게 뭐지?"

"직접 보시는 게 빠를 거예요."

구문효는 고개를 한 번 끄덕이고, 곧장 차원력을 끌어내 사용하기 시작했다.

"하아아아압!"

그가 기합을 발하자, 갑자기 차원력이 폭발적으로 증가하기 시작했다. 그리고 그의 몸에서 은은하게 황금빛의 아우라가 일어나기 시작했다.

"합!"

마지막 기합성을 외치자, 그 황금빛이 섬광처럼 번쩍였다. 그 섬광이 걷힌 후에도 그의 몸은 밝은 빛을 내고 있었다. 그리고 전신 구석구석에 차원력이 맴돌고 있었다.

"말씀해 주신 대로 했는데 이렇게 됐어요. 저 어떻게 된 거죠?"

그 상태를 유지한 채, 구문효는 불안한 듯 말했다. 그런 그에게 최재철이 달려들었다.

"너 이 귀여운 녀석!"

"으악?! 형, 왜 이래요?!"

구문효는 비명을 질렀지만 최재철은 아랑곳하지 않고 그에게 헤드록을 걸고 머리를 마구 헝클어주었다.

금요일만 해도 구문효는 신체 강화 능력을 아예 사용하지 못했다. 최재철이 들러붙어서 가르쳤지만 감을 잡지 못하는 표정에 속이 터졌다.

그런데 이틀 후인 오늘, 이렇게 멋지게 능력을 익혀 오다니.

그냥 어느 순간 작은 깨달음을 얻어 이렇게 된 걸 수도 있다. 하지만 깨달음을 얻는다는 것도 쉬운 일은 아니다. 그것에 대해 계속 생각하고, 고민해야 비로소 얻을 수 있는 것이니까.

"너는 정말로 가르칠 보람이 있는 녀석이로구나, 구문효!"

"저 잘한 건가요?"

"네 질문에 대답해 주마. 아니, 잘한 거냐는 질문 말고 그전 질문. 어째서 네 몸이 그렇게 번쩍번쩍 빛나느냐에 대한 해답이다."

최재철의 말을 들은 구문효의 눈이 번쩍 뜨였다. 그의 반응을 본 최재철은 흐뭇하게 웃으며 헤드록을 풀어주었다. 그리고 사뭇 진지한 목소리로 설명을 시작했다.

"구문효, 네 고유 속성은 빛이다. 그러니 네게 있어서 능력이나 스킬은 빛의 이미지를 띠는 경우가 많지. 그러니 신체 강화를 위해서 차원력을 근육으로 돌릴 때, 완전히 근력 강화로 전환되지 않은 잔여 차원력이 빛으로 바뀐 거야. 네가 무의식적으로 그렇게 제어한 거지."

"안 좋은 건가요?"

걱정스러운 빛이 얼굴에 드러나는 구문효를 보며, 최재철은 일부러 심각한 목소리로 대꾸했다.

"효율은 안 좋긴 하지. 잔여 차원력이 제대로 치환되지 않았다는 뜻이니까. 그런데 애초에 차원력을 100% 원하는 힘으로 치환하기란 불가능에 가까워. 게다가 지금 네 상태는 굉장히 안정되어 있어. 차원력이 고루 분배되어 있다는 게 눈으로 보일 정도로군."

최재철은 불안해하는 구문효의 어깨를 두드리며 말했다.

"지금 라이센스를 조정 받으면 A급이 나올걸?"

"정말이요?"

구문효가 얼굴에 화색을 띠었다.

"그래, 그러니까……."

최재철은 구문효에게서 떨어져 1.5m의 거리를 벌렸다. 구문효는 영문을 모른 채 고개를 갸웃거렸다. 이 녀석, 남자 놈인 주제에 역시 귀여웠다. 뭐, 그런 건 지금은 상관없었다.

"나랑 대련 한 번만 뛰자."

"히익?!"

*　　　　*　　　　*

최재철은 곧장 구문효에게 하이킥을 날렸다. 1.5m 벌어진 거리에서 순식간에 접근한 일격이었다. 평범한 인간이 맞으면 그대로 목이 날아갈 위협적인 공격이었지만 구문효는 피했다.

그의 특기 중 하나인 '점멸'이다. 순간적으로 몸을 빛처럼 바꾸어 몇 미터 밖으로 도피하는 능력. 훌륭한 능력이지만 연속 사용이 불가능한 게 단점이다.

"몸으로 피해! 이거 훈련이라고!"

"맞으면 죽잖아요!!"

기겁을 하며 빛의 화살을 날려대는 구문효를 보며 최재철은 혀를 한 번 찼다. 하긴, 오늘 신체 강화 능력을 새로 각성한 지 얼마 안 됐을 테니 실감이 안 날 만도 했다.

'실감나게 만들어줘야겠군.'

최재철은 빛의 화살을 가볍게 피하며 바람처럼 휙 날아 구문효의 머리를 잡았다. 그리고 지면에다 쾅 하고 박았다.

"아, 아파요!"

"그래, 아프지? 멀쩡하다는 증거야."

"그런 말도 안 되는!"

"보라고."

평범한 인간이 맞았다면 머리가 두부처럼 뭉개질 위력이었지만, 두부처럼 뭉개진 건 콘크리트 바닥이었다. 구문효는 뭉개진 바닥을 멍하니 바라보았다.

"어?"

"넌 제대로 하고 있어. 안 죽어, 걱정 마. 대련이라니까?"

최재철이 이빨을 드러내 보이며 웃었다.

"자, 다시 간다?"

"으아아아아?!"

최재철의 미들킥이 구문효의 허리에 파고들었다. 힘 조절을 했기에 망정이지, 잘못했으면 구문효의 동체가 두 조각으로 나뉠 수도 있었다.

"흐아아악! 아파, 아파!!"

"맞으면 안 죽는다고 했지, 안 아프다고는 안 했다! 막거나 피해!! 막는 부위에 차원력을 집중시키고!"

맞아가며 배우는 것! 다소 거칠지만 신체 강화 능력을 익히는 데 이보다 더 좋은 방법은 드물다. 상대가 남자이기도 하겠다, 최재철은 속 편하게 팔다리를 휘둘러 댔다.

그의 일격 일격은 일반인이 맞으면 그대로 죽어버릴 위력이지만, 구문효는 잘 막아내고 있었다. 하지만 크고 작은 생채기가 생기는 건 어쩔 수가 없었다. 슬쩍슬쩍 몰래몰래 트롤 고문관의 반지를 써가며 구문효의 상처를 없애주는 것도 잊지 않으며.

'이게 다 제자를 사랑해서 하는 짓이지!'

겉보기에는 그냥 아프게 때리고 있는 것 같지만 사실 그가 내지르는 펀치에는 차원력이 담겨 있어서 더욱 아팠다. 아프기만 한 게 아니라 맞은 부위의 차원력을 활성화시키는 효과가 붙어 있기도 하다.

그가 이지희의 차원 능력을 처음 끌어낼 때 썼던 터치와 비슷하지만 훨씬 더 거칠고 아프고 효과적인 방법이다.

'사내놈한테 부드럽게 대해줄 이유가 없지!'

퍽, 퍽, 때릴 때마다 구문효는 억, 억, 소리를 질렀지만 무릎을 꿇지도, 그만하라고도 하지 않았다. 그도 이 대련의 진의에 대해 깨달은 모양이었다. 눈동자가 빛나고 있었다.

'매력적인 남자다!'

최재철의 눈빛도 날카로워졌다. 그의 공격도 한결 날카로워졌다. 그리고 기쁘게도 구문효의 움직임도 조금은 더 날카로워졌다.

몇 번의 공방 끝에 구문효도 다소 감을 잡은 모양이었다. 최재철의 잽이 작렬한 구문효의 십자 가드 위에 더 진한 빛이 맺혔다. 방어 부위에 제대로 차원력을 집중시켰다는 증거였다. 이 구문효라는 남자, 역시 성장성이 뛰어나다.

'가르치는 보람이 있다!'

연타를 치려던 왼손을 굳이 거두어 페이크를 한 번 치고 방어가 약한 배에다 라이트 블로를 처박으며 최재철은 통쾌하게 웃어대었다.

"하하하! 정말 좋구나!!"

"우우욱! 사람을 패면서 좋아하다니, 형, 변태 같아요!!"

"반격해라! 언제까지 방어만 할 거냐! 그러니까 페이크에 속아서 얻어맞는 거야!"

"아, 형! 진짜!!"

구문효는 소극적으로나마 견제를 내밀기 시작했다. 이렇게 건드리면 저렇게 반응한다. 이 얼마나 흥미로운 학생이란 말인가.

'가르치는 게 너무너무 재밌다!'

오늘 내로 이 남자를 완전한 A급으로 만들어놓겠다. 최재철의 가슴 속에서 그런 야망이 피어올랐다.

＊　　＊　　＊

최재철은 주먹을 뻗는 걸 멈췄다.

"어때?"

그는 인자한 목소리로 쓰러진 구문효에게 말을 걸었다.

"좀 느껴져?"

"…감사, …감사합니다, …사부님."

구문효는 띄엄띄엄 말했다. 그가 최재철을 이르는 호칭은 자동적으로 사부가 되어 있었다. 그 자신도 이번 대련에서 스스로가 무엇을 얻었는지 잘 아는 눈치였다.

"나야말로."

최재철이 대꾸했다.

"고맙다, 문효야. 너와 같은 제자를 들인 것도 내겐 천운이야."

구문효의 몸은 더 이상 빛나고 있지 않았다. 그렇다고 그의 신체 강화 능력이 사라진 건 아니다. 그 반대였다. 쓸데없이 빛을 내느라 소모되던 차원력이 이제는 온전히 근력 강화로 치환되면서 생긴 현상이었다.

"설마 세 시간 만에 깨달음을 얻을 줄이야. 넌 정말 훌륭한 재능을 갖고 있구나. 뭐, 그런 줄 알고는 있었다만."

구문효는 세 시간 동안 최재철에게 맞았다. 물론 구문효가 맞기만 한 건 아니고, 그는 필사적으로 저항했다. 회피하고, 반격하고, 견제하고, 방어했다.

최재철은 구문효가 방어하느라 차원력을 집중시킨 곳은 피하고, 비교적 방어가 약해진 곳만 때렸다. 그랬더니 구문효의 몸이 먼저 깨달았다. 차원력의 집중을 빛으로 적에게 알려주는 것이 얼마나 위험한 것인지.

그래서 빛을 내는 걸 멈췄다.

말이야 간단하지만 쉽게 해낼 수 있는 게 아니다. 구문효에게 있어서 자신의 능력은 곧 빛이었다. 차원력을 움직일 때마다 빛이 나는 건, 오른손잡이가 오른손으로 수저를 드는 것과 똑같다. 더 익숙하고 편하고 잘할 수 있으니 그렇게 하는 것이다.

이 버릇을 지우는 건 오른손잡이가 왼손잡이로 교정하는 것과 똑같다. 노력이 필요하다. 그러나 노력했더라도 무의식중에 오른손으로 수저를 집고 만다. 즉, 그런 버릇까지 싹 없애는 것과 같다.

하지만 그는 해냈다.

불과 세 시간 만에.

"역시 내 보는 눈이 틀리지는 않았군. 넌 마법사가 될 수 있어."

"마법사……?"

구문효는 완전히 지쳐서 풀려 버린 시선을 들어 최재철을 보았다.

"그래. 몇 가지 스킬만 간신히 사용하는 능력자가 아니라 여러 종류의 스킬을 자유자재로 사용하는 마법사. 네겐 그런 재능이 있어."

"그거… 좋네요……."

"그렇지?"

최재철은 픽 웃었다.

구문효는 어느새 잠들어 있었다.

그럴 만도 했다. 아무리 상처를 트롤 고문관의 반지로 계속 없애주었다고 한들 고통은 끊임없이 그의 신경을 갉아먹었다.

게다가 몸을 움직이면서 동시에 차원력을 운용한다. 자신의 버릇을 고치는 걸 계속 의식하면서. 불과 세 시간이라고는 해도 엄청난 체력과 정신력의 손실이 빚어졌으리라.

그렇기 때문에 그대로 잠드는 것도 무리는 아니었다.

최재철은 구문효를 들쳐 업었다. 귀엽고 사랑스러운 제자다. 콘크리트 바닥에 그를 방치할 생각은 없었다.

"푹 자라."

구문효를 자신의 방으로 끌고 올라와 이불 위에 눕힌 후, 최재철도 늘어지게 하품을 했다. 원래 하루 종일 쉴 생각이었던 일요일이었다. 그도 격렬하게 몸을 움직였으니, 피곤이 느껴질 법도 했다.

"나도 샤워하고 낮잠이나 좀 자야겠다."

기지개를 쭉 편 후 새로 산 세탁기에 땀에 젖은 속옷을 던져 넣고, 그는 마지막 한 장 남은 새 속옷과 수건을 집었다.

"속옷하고 수건도 더 사야겠군."

일단 푹 자고 저녁 느지막하게 한번 나가볼까, 그런 생각을 하면서.

                    *   *   *

　최재철이 자고 있는 동안에 전화가 왔던 것 같다.

　―선생님, 저희 놀러가도 돼요?

　"맘대로 해."

　대충 대답하고, 그는 전화를 끊고 그냥 다시 잤다.

　어벤저 두 명이 그의 빌라에 접근하는 기척도 느꼈다. 그게
이지희와 오연화임을 안 그는 다시 그냥 베개에 얼굴을 처박
았다. 아무튼 더 자야겠다. 그런 의지의 발현이었다.

　별로 현명한 생각은 아니었던 것 같다.

　"꺄아아아아아악!"

　오연화의 찢어지는 비명 소리를 들으며, 최재철은 간신히
눈을 떴다.

　"뭐야?"

　"서, 선생님! 어째 제 유혹이 통하지 않는다 했더니⋯⋯. 그
런 취향이셨어요?!"

　"응?"

　최재철은 따끈따끈한 구문효를 끌어안고 자고 있었다. 두
사람 모두 거의 속옷 차림인 상태였고. 확실히 다른 사람이
보면 오해할 만한 상황이었다. 최재철은 구문효를 차냈다. 그

충격에 구문효도 잠에서 깬 듯 눈을 문질렀다.

"아니, 별로. 그렇지는 않은데. 그보다 유혹이라니."

어린애한테 발정한다고 오해받는 게 더 사회적으로 타격이 클 것 같다. 여기서는 차라리 그냥 부정하지 말아볼까. 그런 생각을 한 최재철은 변명하려다 말고 그냥 입을 다물었다.

"아니에요, 연화 씨!"

하지만 구문효는 다른 생각인 듯 얼굴을 시뻘겋게 물들이 며 부정했다.

"연화 씨라고 부르지 말아요! 더러워!!"

"더럽?!"

구문효는 충격을 받은 듯 그 자리에 석상처럼 굳어버리고 말았다. 불쌍한 것.

"그래, 문효야. 연화 씨라고 부르면 어떻게 하냐."

"사부님마저 무슨 말씀을 하시는 겁니까!"

구문효의 얼굴 표정은 울먹울먹한 게 지금이라도 눈물을 쏟을 것 같았다.

"너도 이제 내 제자가 되었으니, 사저라고 불러야지. 항렬로 는 연화가 너보다 위니까."

"아."

구문효는 그제야 알았다는 듯 고개를 끄덕였다.

"그런 이야기가 아니에요!!"

오연화가 소리를 빽 질렀지만 최재철은 무시하고 계속해서 말했다.

"좋은 기회다. 이 김에 확실히 해두자꾸나. 문효야, 사저에게 예를 올려라."

"예, 사부님!!"

구문효는 자세를 바로 하고 오연화의 앞에서 양손을 모아 그대로 절했다.

"이 구문효, 사저께 예를 올립니다!!"

자신의 앞에서 절을 하는 구문효를 보며, 오연화는 분노로 낯빛을 붉힌 채 부들부들 떨었다. 그런 오연화에게 최재철은 태연히 지시했다.

"뭐 하냐, 연화야. 네 사제다. 예를 받아줘야지."

"그런 게 아니라요, 선생님!"

오연화가 답답한 듯 가슴을 쳤다. 물론 최재철은 아랑곳하지 않았다.

"두 사람은 이제 사형제지간이니 피를 나눈 형제처럼 지내도록 하여라."

"사부님, 그럼 전 사저와 결혼을 못 하는 겁니까?"

"미성년자를 상대로 무슨 개소리냐, 문효야. 이 사부는 널 그렇게 키우지 않았단다."

"죄송합니다, 사부님!"

그리고 마침내 오연화는 폭발했다.

*　　　　*　　　　*

"그런데 지희는 어디 갔어?"

폭발한 오연화를 제압한 최재철은 그녀를 달래듯 목 뒤를 긁어주며 물었다. 오연화는 그의 손길에 만족스러운 듯 가르릉거렸다. 무슨 고양이 귀신이라도 씌었나.

"요리 재료 사러 갔어요. 선생님께 직접 만든 저녁 식사를 대접하고 싶다고 하던데요?"

"흠, 그렇군. 그런데 연화야, 지희는 요리 잘하니?"

"글쎄요?"

헤실헤실 웃으며 별생각 없는 듯 오연화는 대답했다.

"안녕하세요, 스승님!"

호랑이도 제 말하면 온다더니, 이지희가 방 안에 들어왔다.

"어, 문효 씨도 계시네요."

"잘 왔다, 지희야. 자, 문효야, 또 다른 사저께 예를 올려야지."

"아, 네! 사부님!! 이 구문효, 사저께 예를 올립니다."

구문효는 넙죽 이지희에게 절을 했다. 이지희는 당황한 듯 어쩔 줄 몰라 했다. 그런 이지희의 반응을 즐기던 최재철은 그녀가 든 장바구니를 빼앗아 들었다.

"어라, 왜 이렇게 무거워? 뭘 이렇게 많이 샀어?"

"냉장고 어제 사셨잖아요. 저녁 만드는 김에 밑반찬 좀 해서 넣어드릴까 해서."

"요즘 식재료 가격도 비싼데 이런 걸 다. 얼마 들었어?"

"돈 같은 건 괜찮아요, 스승님 덕에 A급 라이센스를 따서 싸게 샀으니까."

이지희는 쑥스러운 듯 헤헤 웃었다.

"A급……."

이지희가 별생각 없이 뱉은 말에 구문효가 뜨끔한 듯 그렇게 중얼거렸다. 그 혼잣말을 들은 최재철은 피식 웃었다.

"넌 이미 A급이야. 사부 말 못 믿어? 당장 내일 회사 가서 라이센스 갱신해 봐라."

"아, 예, 사부."

구문효는 머쓱하니 웃었다.

"그럼 저, 싱크대 좀 빌려도 될까요?"

"아, 제가 도와드리겠습니다."

이지희가 그렇게 묻자 구문효가 얼른 일어서며 말했다.

"저도 요리에는 자신이 좀 있어요. 자취도 오래 했고."

"그래요? 저도 자취는 오래 했는데."

"편하게 반말 쓰십시오, 사저."

구문효가 티 없이 맑은 미소를 지으며 말했다. 이지희의 살짝 견제가 섞인 말투는 알아차리지도 못한 기색이었다. 그런 구문효의 반응에 오히려 이지희 쪽이 당황하고 말았다. 그런 두 사람을 보면서 즐기던 최재철은 문득 한 마디 던졌다.

"그래, 지희야. 문효는 이제 네 사제야. 형제처럼 지내려무나."

"형제 같은 거 가져본 적이 없어서 그런 건 잘 모르겠는데요."

이지희가 보기 드물게 툴툴거렸다.

*   *   *

요리는 맛있었다.

이지희는 재미없게도 무난한 요리 실력을 지녔지만, 의외로 굉장했던 건 구문효 쪽이었다.

"겨, 졌어⋯⋯!"

이지희는 구문효가 만든 감자조림을 맛보더니 부들부들 떨며 패배를 인정했다.

"저기, 선생님, 요리 잘하는 여자를 좋아하세요?"

뚱하니 앉아 있던 오연화가 문득 그런 질문을 최재철에게 던져왔다.

"요리 잘하는 남자는 좋아하지. 문효야, 우리 집에서 살래?"

"그런 류의 농담은 제발 참아주시죠, 사부님."

구문효는 질색했다. 하긴 남자치고는 여리여리한 몸에 예쁘장한 편인 얼굴, 그리고 이 요리 실력까지. 이런 종류의 농담을 질색할 만도 했다. 아마 자주 들었을 테니까.

"미안하다, 문효야."

"아, 아니. 사과하실 일은 아닌데요!"

최재철이 정색하고 사과하자, 이번엔 구문효쪽이 당황한 듯 손을 내저었다.

"그럼 우리 집에서 살래?"

"사부님……."

느물느물하게 다시 말한 최재철에게 구문효가 쓴웃음으로 반응했다. 최재철은 곧 손을 내저었다.

"농담이야. 그래, 이제 이런 농담은 그만두도록 하지."

"이해해 주셔서 고맙습니다. 아까부터 눈빛이 따가워서요."

잘 보니 오연화와 이지희가 칼날같이 날카로운 시선으로 구문효를 노려보고 있었다. 최재철은 껄껄 웃었다.

"그러고 보니 선생님."

"응?"

오연화가 문득 진지한 눈빛을 최재철에게 던지고 있었다.

"저 사람, 갑자기 어벤저 오라가 커졌는데요."

"어벤저 오라? 아, 차원력 말이로군. 그래, 맞아."

최재철은 자랑스러운 듯 구문효를 바라보았다. 구문효가 움 찔 놀랐다.

"아까 A급 운운도 그렇고… 뭔가 하셨죠?"

"뭔가 했냐고 물으면… 했지!"

"저기, 그렇게 말씀하시면 이상한 오해를 살 우려가……."

구문효가 식은땀을 삐질삐질 흘리며 끼어들었다.

"그보다 연화야, 네 사제를 저 사람이라고 부르면 안 돼."

"그, 그럼 뭐라고 부르는데요?"

오연화가 다소 당황한 듯 되물었다.

"좀 더 따뜻하게 불러주렴."

"그러니까 그게 뭔데요."

"동생, 이라고."

옆에서 이야기를 듣고 있던 구문효가 석상처럼 굳었다. 한 데 구문효 쪽은 좀 나은 편이었다. 오연화는 모래라도 입에 물 고 있는 표정으로 최재철을 바라보았다.

"저, 제가 왜 저보다 나이 많은 남자한테 동생이라고 불러 야 하는데요!"

"그야 사제니까."

오연화의 항변에 최재철은 뚱하니 대답했다.

"사형제 사이에 나이가 무슨 상관이야. 이제 네가 누나야.

사저니까."

"누, 누나……."

구문효가 침을 꿀꺽 삼키며 중얼거렸다.

"히이이이익! 꺄아아아악!"

그리고 그 소릴 듣고 만 오연화가 비명을 질렀다.

"사부님, 지금 생각난 건데 저 줄곧 누나가 갖고 싶었어요. 외동이거든요."

"응, 외동 같더라. 그래도 연화가 싫어하니까 그냥 사저라고 불러라."

"네, 사부님."

구문효는 다소곳하게 대답했다. 그것만으로도 오연화는 질색했지만 최재철은 그냥 못 본 척했다.

두 사람 사이에 무슨 일이 있었는지, 첫 인상이 어떻게 박혔기에 이렇게까지 오연화가 구문효를 질색하는지는 모르지만 이제 두 사람은 팀인데다 사형제이기까지 하니 더 친해질 필요가 있었다.

애초에 정말로 아예 구문효가 너무 싫어서 연을 끊을 생각이었다면 오연화는 진작 현오준 팀을 나갔을 것이다. S급 랭커로서 그럴 수 있는 권한도 있었으니.

하지만 그렇게 하지 않았다는 건 어쨌든 여지는 남아 있다는 의미다. 그럼 적어도 같은 팀의 멤버로서의 친분은 쌓아줬으면 했다.

차원 균열을 통과해 틈새 차원으로 가려면 그 정도 연대감은 필요하니까.

"저, 그래서 스승님은 문효 씨에게 뭘 하신 건가요?"

이지희가 끼어들었다.

"어? 수련. 정확히는 대련. 더 정확히는 그냥 내가 애 팼어."

"스승님께 맞으면 차원력이 오르나요?"

이지희의 눈빛이 반짝반짝 빛나는 게 대단히 위험해 보인다. 그렇다고 대답하면 때려 달라고 할 것 같은 기세다. 취향이 이상한 게 아니라 강해지고자 하는 욕구가 강한 탓이겠지. 최재철은 그렇게 생각하기로 했다.

"아니, 너한테는 별로 효과가 없지. 문효는 아직 신체 강화 능력을 제대로 못 다루는 상태여서 맞아가며 배우는 게 굉장히 효과적이었지만, 넌 이미 능력적으로 완성을 해버렸으니까."

"아… 아쉽네요."

정말로 아쉬워하는 표정이었다. 쉽게 강해질 기회를 놓쳐서 아쉬워하는 것이리라. 최재철은 그렇게 믿었다.

"좋아, 말 나온 김에."

최재철은 일어서며 구문효에게 말했다.

"문효야, 네 사저들에게 수련의 성과를 보여줘라."

"예, 사부."

구문효는 바로 일어나며 고개를 끄덕였다.

＊　　　　＊　　　　＊

"이 빌라에 이런 곳이……."

"이 공간은 선생님 건가요?"

최재철이 만든 텅 빈 공방의 모습에 순수하게 놀라기만 하는 이지희와 달리, 오연화는 꽤 날카로운 질문을 던졌다. 딱히 거짓말을 할 이유도 없었기에 최재철은 솔직하게 대답해 주기로 했다.

"그래. 사실 이 빌라 한 동이 전부 내 소유야."

"어쩐지!"

오연화는 분한 듯 땅바닥을 찼다.

"제가 이 빌라 사려고 보니까 매물로 나와 있지도 않더라고요. 방을 구하려고 해도 없고!"

"아, 역시 시도는 해본 거로구나."

오연화의 말을 들은 이지희가 어쩔 수 없다는 듯 웃었다.

"뭐, 지금 중요한 건 그게 아니지. 문효야!"

"예, 사부님!"

문효가 포권을 하며 자세를 잡았다.

'저런 건 어디서 본 건지.'

최재철은 그의 행동을 보며 피식 웃었다.

"저, 그런데 어떻게 하면 되는 거죠?"

"뭘 그런 걸 묻고 있냐."

최재철은 가벼운 목소리로 말했다.

"덤벼."

＊　　　＊　　　＊

최재철과 대련한 대가로 구문효는 두 사저, 이지희와 오연화에게 그럭저럭 인정을 받은 모양이었다. 사실 구문효에게 데몬스트레이션을 시킨 목적이 둘에게 그를 인정시키는 것이었으니, 그 목적은 다행히도 제대로 달성된 셈이었다.

"그런데 문효야, 어쩌다가 연화랑 저렇게 사이가 나빠지게 된 거야?"

구문효의 두 사저를 먼저 집까지 데려다 준 후, 차에는 구문효와 최재철만이 남았다. 운전하는 것은 구문효였고, 차도 그의 차다. 10년 간 다른 세계에 있던 최재철은 구문효가 모는 차의 차종까지는 몰랐지만, 그럭저럭 고급차라는 건 알고 있었다.

"아, 그게……."

구문효는 쑥스러운 듯 뒷머리를 긁었다.

"제 잘못이에요."

"네 잘못이라고만 말하면 내가 어떻게 아니?"

"그게… 이야기가 길어지는데."

"술이 필요한 이야기냐?"

거기까지 말한 최재철은 문득 구문효의 술주정이 심하다는 현오준의 증언을 기억해 냈다. 하지만 굳이 이미 뱉은 자신의 발언을 취소하지는 않았다.

"네."

그리고 술자리를 피할 수 없는 대답이 돌아오고 말았다.

최재철과 구문효는 최재철의 집으로 돌아왔다. 술 몇 병과 안주거리를 사다 방바닥에 펼쳐놓고, 서로의 잔을 채웠다.

두 잔을 마신 후에나 구문효는 이야기를 시작했다.

"여동생이 있었어요."

최재철은 잠자코 이어질 이야기를 기다렸다. 구문효는 한 번 한숨을 내쉬고, 잔을 비워 버렸다. 최재철이 그 잔을 다시 채워주자, 그는 다시 입을 열었다.

"감사합니다. 음… 걔는 절 여장시키는 걸 좋아했죠. 화장까지 포함해서요. 별로 칭찬해 주고 싶은 취미는 아니었지만, 걔는 우리 집에서 공주님이었고 전 기르는 개와 비슷한 포지션이라서 반항 같은 걸 할 수는 없었죠."

구문효는 안주로 사온 새우맛 스낵을 바스락거렸다. 집어 올리지는 않았다. 그 손짓이 문득 멎었다.

"절 예쁘게 꾸며놓고는 자기보다 예쁘다며 깔깔 웃는 애였어요. 성격이 안 좋은 애였죠. 전 갤 싫어했어요."

결국 안주 없이 구문효는 마저 잔을 비웠다. 최재철이 그 잔을 다시 채웠다.

"헤헤, 많이 마시게 되네요. 전 갤 너무 싫어해서 제정신으로는 개에 대해서 생각할 수가 없어요."

이번에는 한 번에 잔을 비우지는 않았다. 최재철도 첨잔 같은 걸 하지는 않았다. 대신 그도 마셨다. 내일 출근을 생각하면 과음은 금물이지만 그럴 기분은 아니었다.

이 이야기의 결말을 그는 이미 예상하고 있었다.

"수학여행이었어요."

구문효는 뜬금없이 말했다.

"전 며칠이라도 개한테서 해방되는 걸 기뻐했죠. 걔도 말했어요, 금방 돌아와서 다시 괴롭혀 주겠다고. 아주 나쁜 년이었죠. 성질 비틀어진 년. 그런데……."

그는 반쯤 비운 잔을 빙글빙글 돌렸다. 잔 안을 채운 술이 회오리쳤다.

"돌아오지 않았어요."

수학여행이라는 학창 시절의 이벤트는 어른이 된 후에는 보통 추억거리가 되게 마련이다. 하지만 그것은 추억이라는 이름으로 포장된 것뿐. 나쁜 기억은 풍화되어 깎여 나가고, 아름다움만이 남았기에 그렇게 기억되는 것이다.

그리고 원래대로라면 깎여 나가야 할 일이 영원히 잊히지 않는 일로 남고 말았다.

이계에 있던 최재철은 몰랐지만 꽤나 큰 참사였다. 지금까지도 수학여행이라는 제도가 아예 폐지되어 버릴 정도로.

4년 전의 일이라고 한다.

인류가 어느 정도 차원 균열의 위협에서 벗어나 자원의 화수분으로 인식하기 시작한 시기이기도 했다. WF 주도로 차원 균열 견학을 수학여행 코스로 잡는 경우가 많아졌다. 차원 균열의 인식을 더 좋게 바꾸기 위한 시도였겠지만, 결과적으로 좋지 않았다.

구문효의 동생은 이 코스로 수학여행을 갔다가 변을 당했다.

그렇다고 차원 균열에서 뛰쳐나온 어보미네이션에 의해 학생들이 참살당했다는 것은 아니다. 숙소 주변에 설치된 CCTV에는 어보미네이션의 침입이 찍혀 있지 않았다.

어보미네이션은 학생들이 묵고 있던 숙소 안에서 튀어나왔다. 그 어보미네이션이 교사를 포함한 거의 대부분의 학생을 참살한 후에나 상황은 수습되었다.

"전 개가 돌아오지 않길 바랐어요."

구문효의 잔이 그의 눈물로 채워졌다.

"그 소원이 이뤄진 거죠."

그는 눈물을 닦았다. 계속해서 흘러나오고 있었지만, 계속해서 닦았다.

"죄송합니다, 사부님. 연화 씨랑… 사저랑 왜 그렇게 사이가 나빠진 건지 물으셨죠. 질문에는 대답하지 않고 이상한 소리만 해서 죄송합니다."

꾸벅꾸벅 고개를 숙이며 그는 자신의 눈물이 섞인 잔을 비워냈다.

"제 동생 이름이 연화였어요, 구연화."

최재철은 구문효의 잔을 채워줄 생각을 하지 않았다. 그러자 그는 스스로 병을 들었다.

"전 동생을 그렇게 싫어했는데 연화 씨를 볼 때마다 제 동생을 떠올리고 말았어요. 얼굴이 닮은 것도 아니고, 나이가 비슷한 것도 아닌데……."

술병을 든 구문효의 손이 떨리고 있었다. 술이 반쯤은 바닥에 흘렀다. 간신히 술잔을 채운 구문효는 더 못 참겠다는 듯 즉시 그 잔을 비웠다.

"연화 씨는 그런 제 눈빛이 기분 나쁘다고 하더군요. 그것도 그럴 테죠. 실제로……. 그런 눈빛을 기분 좋게 받을 사람은 없겠죠."

쓸쓸한 목소리로 구문효는 말했다.

"그러니까 제 잘못입니다. 제 잘못……."

거기까지 말한 구문효는 펑펑 울기 시작했다. 폭발이라도
한 듯 갑자기 엉엉거리며 울부짖는 그의 모습을 보며, 최재철
은 뭔가를 떠올렸다.

"넌 술 마시면 우는구나."

현오준이 말한 구문효의 술버릇이란 건 이거였다.

대답은 돌아오지 않았다.

*　　　*　　　*

구문효가 울다 지쳐 잠든 후에, 최재철은 노트북을 이용해
이것저것 찾아보았다. 구문효의 이야기에서 언뜻 느껴졌던 위
화감의 정체는 곧 밝혀졌다.

지구인들은, 적어도 한국인들은 인간이 어보미네이션으로
변할 수 있다는 것을 모른다.

최재철, 김인수에게 있어서는 상식과도 같은 것이었으므로
사람들이 이조차 모른다는 건 꽤 충격으로 다가왔다. 정보화
사회에 접어든 지 꽤 시간이 지난 이 한국에서, 이런 기본적
인 정보조차 모를 줄은 상상하지도 못했기에 알아볼 생각도

못 하고 있었다.

인터넷에 그런 제보가 전혀 없는 건 아니다. 지나가다가 사람이 어보미네이션으로 변하는 걸 보고 도망쳤다거나, 그런 이야기를 친구한테 들었다거나, 하는 글이 종종 올라왔다.

하지만 하나같이 질 나쁜 괴담 취급이다. 그런 이야기를 늘어놓은 사람들은 즉각 비난당했다. 정신병자 취급을 당하는 건 차라리 다행이고, 유언비어 유포로 신고당할 수도 있었다.

오연화가 '우리 아빠가 어보미네이션으로 변했어요' 같은 이야기를 자신에게 큰맘 먹고 털어놓았다는 것도, 최재철은 뒤늦게 깨달았다.

최재철이 진실을 모르고 있었더라면, 정말로 평범한 한국인 최재철이었더라면, 오연화를 정신병자로 취급할 수도 있었다. 그런 리스크를 안고도 오연화는 털어놓은 것이다.

어쩌다 이렇게 되었을까?

'먼저 정부.'

한국 정부가 이 사실을 숨기고 있는 것도 별로 이상한 일은 아니다. 실제로 사람들에게 알려지면 엄청난 여파를 몰고 올 테니까. 극심한 사회 혼란이 야기되어도 이상하지 않다. 어떤 정부라도 이런 정보는 숨기려고 할 것이다.

그러나 그걸 정말 숨길 수 있느냐에 대해서는 회의적이다. 직접 그 광경을 본 사람이 몇이나 있다. 게다가 인터넷이라는 통제가 거의 불가능한 매체가 있는데 그게 가능하겠는가?

그런데 현실을 보면 한국인들은 정말로 모른다. 이렇게 많은 사람의 증언이 있음에도 불구하고 증인들을 비난하기 바쁘다.

'아, 오히려 인터넷이라서.'

최재철은 번뜩 생각했다.

인터넷에 올라오는 모든 이야기를 믿을 정도로 순진한 인간은 이제 몇 남지도 않았다. 이 정보의 바다에 얼마나 많은 거짓 정보와 헛소문이 퍼져 다녔는가. 몇 번 당해본 사람이라면 인터넷의 정보는 한 번쯤은 의심하게 마련이다. 일종의 학습 효과다.

'사람이 어보미네이션으로 변한다'는 증언은 그 어떤 공신력도 가질 수 없는 개인의 이야기에 불과하다. 신문도, 뉴스도, 하다못해 각 개인이 편집할 수 있는 위키피디아에서도 그 증언을 남겨두지 않는다.

더욱이 그 증언은 너무나도 두렵고 끔찍한 것이라, 도저히 믿고 싶을 수가 없는 부류의 것이다. 내가 어보미네이션이 될 수도 있다고 상상하는 건 고문에 가까운 짓이었다. 사람은 보통 믿고 싶은 대로 믿는 경향이 있는데 그런 경향이 여기에서도 작용한 것이리라.

어차피 증거 하나만 나오면 다 뒤집힐 여론이리라. 진실은 언젠가 밝혀지게 마련이니까. 아무리 믿고 싶지 않더라도 믿을 수밖에 없도록 만드는 것이 진실의 폭력성이다.

하지만 아직 뒤집히지 않은 걸 보면 아직 믿을 만한 증거가 나오지 않았거나 잘 통제되고 숨겨진 모양이었다.

하기야 이런 시대다. 사진을 찍어도 합성했다고 할 수 있고, 영상을 찍어도 조작됐다고 할 수 있다. 증거로서 가치가 있으려면 많은 사람이 목격하고 다양한 시점으로 촬영해야 한다.

인간이 어보미네이션으로 변할 수 있다는 명제조차 사람들이 믿지 않는데, 최하급 계약마에 대해서도 알려져 있을 리 없다. 계약마의 제안을 들었을 때 어떻게 대처해야 하는지에 대한 매뉴얼도 없었다. 어벤저 네트워크에조차 말이다!

모든 어벤저가 계약마와의 계약으로 어벤저로 각성하는 것은 아니지만 그래도 계약으로 각성하는 어벤저의 숫자는 지구에서도 결코 적은 수는 아니리라.

그럼에도 불구하고 이 정보가 덮인 채 사람들에게 알려지지 않은 것은 정부와 언론은 물론이고 이 어벤저 네트워크조차 정보 통제에 협력적이었던 탓이었으리라.

모든 공범이 전력을 다하지 않는 한, 이런 결과는 나오지 않는다.

"멍청하긴……."

결국 이러한 정보의 통제는 피해를 늘릴 뿐이다. 차원 균열 주변에 출현하는 계약마의 존재를 알리고 그 대응 방법을 알리면, 계약마와 접촉해 어보미네이션이 되는 사례보다는 어벤저로 각성하는 경우의 숫자가 훨씬 늘어날 것이다.

하지만 모든 걸 숨김으로써 결국 어보미네이션의 숫자를 늘리는 데 정부나 언론이 기여하고 있는 것이나 다름없었다.

그리고 이 때문에 터진 참사 중 하나가 바로 구문효의 동생이 희생당한 북양여고 수학여행 참사였다. 만약 최하급 계약마의 존재가 알려져 있었더라면 차원 균열 견학이라는 미친 기획을 짜지 않았을 테니까.

생존자가 단 한 명도 남지 않은 대참사였음에도 불구하고 인터넷을 찾아봐도 자세한 내막을 다루는 기사 한 줄을 찾아보기 힘들었다. 그냥 어보미네이션이 숙소 안에서 갑자기 나타나서 전교생을 모두 참살했다는 것 정도였다.

이 정도의 참사에도 정부 기관이나 언론의 원인 조사나 취재가 지나치게 미흡했다. 그렇기에 최재철은 오히려 확신할 수 있었다.

학교 학생들 중 누군가가 어보미네이션으로 변한 탓에 이런 일이 일어났으리라고. 진실을 묻어놓기 위해 조사를 일부러 미흡하게 하고, 나아가 아예 정보 관제까지 걸어버렸으리라. 어쩌면 WF의 압력도 더해졌을지도 모른다.

'뭐, 모르는 건 모르는 거고.'

최재철은 한숨을 내쉬었다. 답답했다. 이런 참사가 이미 터졌음에도 사람들은 여전히 진실을 모른다. 즉, 이런 참사는 언제든 다시 터질 수 있다.

무지한 건 죄가 아니다. 그러나 분명한 약점이다. 그렇다고 그저 무지했을 뿐이라는 이유로 희생당하는 사람들을 보는 건 역시 가슴 아프다.

그렇다면 최재철이 어떻게 할 수 있을까?

정부를 적으로 돌리고 억지로 진실을 부르짖어 봐야 언론은 그를 외면할 거고, 유언비어 유포로 피소당할 수도 있다. 지금까지 자신이 보고 들은 것을 부르짖은 이들과 마찬가지로.

'힘이 필요하다.'

결론은 그것이었다.

그냥 차원 능력, 어벤저 스킬로는 부족하다. 권력과 금력과 유명세가 필요하다. 권력으로 입을 막고자 하는 자들을 도리어 무릎 꿇려야 하고, 금력으로 언론을 틀어쥐어야 하고, 사람들이 자신의 말을 듣게 만들 유명세를 얻어야 한다.

그래야 사람들이 믿고 싶어 하지 않는 진실을 믿게 만들 수 있다.

"하, 결론이 늘 같군."

복수든, 뭐든 뭘 하려고 해도 힘이 필요하다. 야만적인 세상이다. 21세기가 되었어도 인류는 별로 달라지지 않았다.

최재철은 노트북을 덮었다.

*　　　　　*　　　　　*

진현우였던 존재는 맨홀 뚜껑을 열고 나왔다.

하수구에 몸을 숨기고 있던 탓에 온몸에서 기분 나쁜 냄새가 났다. 불쾌한 듯 킁킁거리던 그는 문득 중얼거렸다.

"씻어야겠군."

그렇게 말하고 나서, 그는 스스로 깜짝 놀랐다.

언어능력이 설치되지 않았음에도 그는 지금 한국어로 말했다. 그는 자신의 기원에 대해서는 잘 몰랐지만 자신이 언어를 가지지 못한 상태였던 건 자각하고 있었다. 그런데 어느 순간 자신에게 언어능력이 생겨났음에 놀랐다.

하지만 놀란 것도 잠시였다. 그는 곧 적응했다.

"씻어야겠어."

그렇게 혼잣말을 한 그는 기분이 좋아져서 콧노래를 불렀다. 뭐가 어떻게 된 건지는 모르지만, 어쨌든 뭔가 얻은 건 분명하다. 그리고 그게 기뻤다.

"씻어야겠어."

자신이 말을 할 줄 안다는 걸 확인이라도 하려는 듯, 그는 같은 혼잣말을 반복했다. 그리고 자신의 입에서 나온 말의 의미를 이해한 듯, 고개를 끄덕였다.

"씻으러… 가야지."

신이 난 그는 빠른 걸음으로 움직이기 시작했다.

22장

월요일

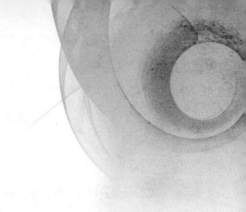

월요일, 최재철의 자택.

"머리가 아파요."

구문효가 말했다.

"숙취야, 그거."

최재철이 대답했다.

"아… 아아."

구문효는 뭔가 생각난 듯 머리를 들었지만, 곧 습격해 오는 두통에 굴복하고 말았다. 그런 구문효를 보며 최재철은 혀를 찼다.

"하는 수 없군. 평소에는 별로 추천하지 않는 방법이지만, 오늘은 차원 균열에 돌입해야 하는 중요한 날이니 어쩔 수 없지. 문효야."

"예, 사부님."

"차원력을 전신에 회전시켜라. 몸의 온도를 올린다는 느낌으로."

"알겠습니다."

숙취로 인해 몸을 가누지 못하는데도 불구하고 구문효는 이를 악물고 차원력을 운용하기 시작했다. 효과가 있는 건지 그의 온몸에서 땀이 송글송글 솟아나기 시작했다.

"좋아. 그만하면 됐다. 물을 마셔라."

"예, 사부님."

"그럼 다시 몸의 온도를 올려라."

그제야 의도를 눈치챈 구문효는 최재철의 말에 따라 땀을 내고 물을 마시는 것을 반복했다. 그렇게 강제적으로 몸 안의 불순물을 뽑아낸 구문효는 한결 가벼워진 표정으로 말했다.

"숙취가 거의 없어졌어요!"

"그래, 다행이네. 그럼 씻어라."

불순물을 가득 포함한 구문효의 땀은 뭐라 말할 수 없는 퀴퀴한 악취를 내뿜고 있었다.

"예, 사부님. 헤헤……."

구문효는 멋쩍은 듯 웃었다.

"그런데 사부님, 이 방법을 추천하지 않는 이유는 뭔가요? 굉장히 좋은 방법 같은데."

샤워를 하고 나온 구문효는 일단 질문부터 했다. 샤워하는 동안 계속 최재철의 말을 곱씹으며 생각했던 모양이었다. 그런 구문효의 태도에 최재철은 흡족한 미소를 짓지 않기 위해 노력했다.

"이런 걸 계속하면 몸이 차원력에 길들여져 버린다. 원래대로라면 이런 방법을 쓰지 않아도 될 걸 쓸데없이 차원력을 소모해야 하는 상황이 늘어버리지."

최재철의 설명에도 구문효는 제대로 이해한 것 같지는 않았다. 그래서 그는 좀 더 알기 쉽게 풀어서 설명하기로 마음먹었다.

"임무나 작전을 수행하면서 쓴 차원력을 어떻게 회복시켜야 할까?"

"별로 생각해 본 적 없는데……."

"정답이다."

"예?"

최재철의 대답이 의외였던 듯, 구문효의 목소리가 뒤집어졌다. 그런 그의 반응을 보고도 최재철은 표정 하나 바꾸지 않은 채 설명했다.

"자연 회복이 가장 좋다. 그런 의미에서 별생각 할 필요가 없는 게 맞지."

"아아……."

구문효는 납득한 듯 고개를 끄덕였다. 그러나 최재철의 설명은 아직 끝나지 않았다.

"평소에 일상을 보내면서 차원력을 서서히 회복하는 것이 자연 회복이다. 그런데 일상 중에 쓰는 차원력이 더 늘어버린다면 어떻게 될까?"

"아!"

구문효가 깨달은 듯 탄성을 질렀다.

"차원력은 계속 소모만 되겠군요!"

"그래. 그게 이런 방법을 너무 자주 쓰면 안 되는 이유야."

최재철은 제자가 이해한 것이 기쁜 듯 고개를 끄덕였다.

"게다가 스킬에 익숙해진 몸은 점점 약해져서 이윽고 스킬 없이는 제 컨디션을 찾기 힘들 정도가 되지."

토요일에 최재철이 사는 이 빌라를 사러 왔던 B급 어벤저, 호일호가 좋은 예였다.

최재철이 그의 차원 코일을 때려 부수자 그는 그 자리에서 흐물흐물 무너져 내렸다. 평소에도 신체 강화 능력을 발동하며 다니고, 그에 의지하게 된 바람에 스킬 없이는 제대로 몸도 가누지 못하게 된 사례다.

"스킬에 너무 기대지 마라. 약해져 버리니까."

그가 마법사 양성 기관인 '상아탑'의 교장일 때 매일같이 입에 담은 격언이었다. 그럼에도 불구하고 이런 함정에 빠지는 학생은 정말 많았다.

"특히나 신체 강화계 어벤저가 자주 빠지는 함정이지. 너도 이제 신체 강화 능력을 쓸 수 있게 됐으니 염두에 둬라. 근력 훈련도 빼먹지 말고."

"알겠습니다, 사부님!"

구문효는 크게 고개를 끄덕였다.

"결국 신체 강화 능력을 익혀도 신체 단련은 빼놓지 못하게 되는군요."

"아니, 오히려 신체 강화 능력을 익혔기에 더욱 신체 단련에 힘써야 해. 단련된 육체에 차원 능력… 어벤저 스킬을 끼얹었을 때 진짜 강함을 손에 넣을 수 있으니까."

"아, 그렇겠군요."

구문효의 대답을 들은 최재철은 그제야 흡족하게 웃었다.

"이제 밥 먹고 출근하자. 아침 식사로 네 요리를 기대해도 될까?"

"적어도 방금 전에 배운 값은 할 겁니다, 사부님!"

구문효는 가슴을 두드리며 말했다.

　　　　*　　　　　*　　　　　*

　최재철은 같은 계란 요리라도 하는 사람에 따라 맛이 정말로 달라진다는 것을 깨달았다. 그만큼 구문효의 오믈렛은 훌륭했다.

　그렇게 아침 식사를 마친 최재철은 구문효가 운전하는 차에 같이 탑승해 출근했다.

　'이거 너무 편하고 좋은데?'

　맛있는 아침 식사만으로도 이미 만족스러운데 손가락 하나까딱하지 않아도 저절로 회사까지 모셔다주는 이런 서비스라니.

　이제는 이런 소리는 하지 않기로 마음먹긴 했지만, 최재철은 진심으로 구문효에게 같이 살자고 제의해 보고 싶어졌다. 물론 약속한 건 약속한 거니 실제로 제의하지는 않았지만 말이다.

　'이 녀석은 내 제자지, 시종이 아니니까.'

　자기 일은 자기가 해결한다. 이계에서 대마법사로 온갖 대우를 다 받으면서도 그는 이 원칙을 어기지 않았다.

　물론 이렇게 자발적으로 한두 번 정도 이뤄지는 봉사를 거부하지 않는 경우도 있었지만, 아예 돈을 주거나 권력을 이용해 자기 전담 요리사나 세탁부, 청소부 따윌 부린다거나 하는 일은 없었다.

자기 일을 타인에게 떠넘기는 데서부터 타락이 시작된다. 최재철은 그렇게 믿고 있었다.

"도착했습니다, 사부님."

"어, 그래."

구문효가 열어주는 문으로 내리며, 최재철은 이게 꽤 강렬한 유혹이라고 생각했다.

*   *   *

"오늘은 저희 팀과 함께 사측이 꾸린 새로운 차원 균열 돌입 팀이 북한산 차원 균열로 돌입하게 됩니다."

임무 브리핑을 시작한 현오준의 표정은 그리 좋아 보이지 않았다.

그야 그렇다. 원래 온전히 현오준 팀의 임무이자 성과가 되어야 할 두 번째 차원 균열 돌입을 다른 팀과 함께하게 되다니. 그것도 사흘 만에 급조된 팀이다. 아무리 각 개인의 능력이 높다고 해도 제대로 된 팀일 리 없었다.

그런데 이야기를 들어보니 각 개인의 능력도 그렇게까지 높지는 않은 모양이었다. 두 명은 TA의 한국 지사 이사의 자식이었고, 나머지 셋은 그 둘의 경호원 같은 위치였다.

이사의 자식들은 모두 B급, 경호원들은 A급이다. 라이센스 랭크로 능력을 판단하는 건 별로 좋다고는 할 수는 없지만, 역시 영 좋은 인상을 가지기는 힘든 구성이다.

"아… 스킬 구성은 어떻게 됩니까?"

최재철의 질문에 현오준은 시선을 피하며 대답했다.

"…비공개입니다."

어이없는 답이 돌아왔다.

"…같이 작전하는 팀인데요?"

"같이 들어가긴 하지만 같은 팀은 아니라고 하던데요."

맞는 말이긴 하다.

"스킬 구성도 모르면 연계도 안 될 텐데. 그냥 저희가 앞에 뚫어놓으면 뒤에 쫄래쫄래 따라 들어오기라도 할 셈인 건가요?"

"네."

구문효의 비꼼 섞인 말에 현오준은 대답했다.

"그렇게 하겠다고 합니다."

"…이 대답은 예상 못 했는데."

구문효가 얼빠진 목소리로 혼잣말을 했다.

"그쪽에서 먼저 제안해 왔습니다. 현오준 팀이 먼저 들어가서 길을 뚫으면 뒤를 잇겠다고… 말입니다."

이건 너무 속이 뻔히 들여다보이지 않는가. 아니, 대놓고 보여주는 것에 가깝다. '우리는 사내 정치에서 자네들을 압도할 수 있다'는 의지 표명이다.

현오준이 보기 드물게 분노에 떨고 있었다. 그야 이런 취급을 당하고도 화를 내지 않으면 사람이 아니다. 최재철이 위로를 담아 그에게 한 마디 건넸다.

"외국계 회사라고 낙하산이 없는 건 아니군요."

"뭐, 사람 사는 곳이니까요. 어쨌든 저희에게서 임무를 완전히 빼앗아가지는 않았다는 걸 다행이라고 여기죠."

화를 내봐야 의미가 없다는 걸 잘 아는 모양인지 현오준은 금방 자신의 분노를 감췄다.

"오전 중에는 빈 시간이 있습니다. 구문효 씨, 어벤저 라이센스 갱신을 원하신다면 오전 중에 해결해 두시죠. 저쪽 팀이 아직 출근을 안 해서요. 오후에 출발하자고 연락해 왔습니다."

아무리 그래도 이런 폭거를 당하고도 태연히 목소리를 가라앉히는 게, 역시 현오준은 보기보다는 대단한 사람이었다.

*   *   *

구문효는 A급 판정을 받았다.

"축하합니다, 구문효 씨. 이로써 이제 저희 팀은 모두 A급 판정을 받게 되었군요."

현오준이 그를 축하해 주었다.

"저기, 팀장님? 축하해 주시는 건 감사합니다만 표정이 무서

운데요……."

"무슨 마술을 쓰신 겁니까?"

"마술이요?"

"최재철 씨."

현오준의 시선이 구문효로부터 슥 돌아 최재철을 향했다.

"오늘 구문효 씨 차를 타고 출근하셨죠? 주말 동안에 구문효 씨랑 같이 계신 겁니까?"

"저기, 팀장님……. 어째 그거 질투에 눈이 먼 여자애가 할 법한 대사인데요."

"질투하고 있는 겁니다!"

구문효의 지적에 현오준은 간단히 긍정해 버렸다.

"왜 저도 부르지 않은 겁니까!"

"그거야, 팀장님을 주말에 불러 버리면 특근이 되어버리니까……."

현오준의 기세에 압도당한 듯 구문효는 우물우물 변명조로 말했다.

"아……."

구문효의 말을 들은 현오준은 손바닥으로 철썩 자신의 이마를 쳤다.

"이럴 바엔 그냥 최재철 씨에게 팀장 자리를 넘겨주는 게 낫겠습니다."

"아니, 그래도 주말에 만나면 어차피 특근이 되는 건 똑같 잖아요?"

"저만 못 만나느니 다 못 만나는 게 낫지 않습니까?"

현오준은 뚱한 목소리로 되물었다.

"뭐, 농담은 여기까지로 하죠."

"농담으로 하는 말 같지는 않았⋯⋯."

"어쨌든!"

현오준은 구문효의 말을 끊었다.

"팀원 전원이 A급이라니. 게다가 S급 랭커까지 포함된 팀을 이끄는 건 세계에서 저뿐일 겁니다. 자랑스러움이 느껴지는 동시에 어깨가 무거워지는군요."

"지금 와서 그러셔 봤자 좀 늦은 거 같은데요."

"그러니 오늘의 작전도 꼭 성공시키도록 합시다."

느물거리는 구문효의 말은 무시하고 현오준은 그렇게 말을 맺었다.

*   *   *

"점심 식사를 마친 후, 곧장 북한산 차원 균열로 출발하게 됩니다. 그러니 좀 불편하시더라도 미리 차원 균열 진입용 복장으로 환복하신 후 식사를 해주시기 바랍니다."

그래서 현오준 팀은 단체로 중세 이전의 전사 복장으로 회사 식당에 돌입하게 되었다.

이 정도로 특이한 복장이다. 사람들 눈을 안 모을 수는 없었다. 아무리 알 건 다 아는 같은 업계 사람들이라지만, TA에도 아직 차원 균열 진입 팀은 사흘 전에 급조된 낙하산 팀을 제외하면 현오준 팀뿐이다.

그중에 유난히 이쪽을 쳐다보며 웃어대는 집단이 있었다. 서로 뭐라고 속삭이더니 왁자하게 폭소마저 터뜨린다.

그들의 얼굴을 보고, 현오준은 보기 드문 표정을 지었다. 이를 꽉 깨문 것이, 분노를 간신히 억누르고 있는 기색이 역력하다.

현오준은 어색하게 웃으며 그들 쪽으로 다가갔다.

"권우언 팀장님."

"아, 현오준 팀장."

현오준으로부터 권우언이라 불린 남자가 한 손을 들어 아는 척을 했다. 나이는 20대 초반 정도로 보이는 다소 촐랑대는 인상의 남자였다.

"식사 후에 바로 출발한다는 말씀을 듣고 팀원들에게 미리 준비를 시켰습니다만."

아무래도 그들이 현오준 팀과 동행할 낙하산 팀인 모양이었다.

'맙소사.'

최재철은 속으로만 한숨을 내쉬었다.

이쪽을 비웃고 있는 그들은 기동 타격대가 입을 법한 방탄복으로 무장하고 있었다. 현오준 팀이 입고 있는 가죽 갑옷보다 편하고, 가볍고, 튼튼하고, 실용적일 터였다.

아닌 게 아니라 미군의 최신 장비로, 헬필드에서의 전투에 특화된 물건이었다. 대단히 기능적인 디자인이라, 솔직히 멋있어 보이기도 하고 한번쯤 입어보고 싶은 마음도 든다.

'차원 균열 안에서는 무용지물이 될 거라는 사소한 문제점이 있긴 하지만.'

어디까지나 헬필드용이지, 차원 균열 안에서 사용하기에 적합한 장비는 아니었다. 하지만 최재철은 굳이 입을 열지는 않았다.

대신 입을 연 건 그 기동 타격대 복장을 한 남자, 권우언 팀장이었다.

"저희도 그 웃긴… 아니지, 멋진 복장을 착용해야 하는 건가요? 현오준 팀장?"

"굳이 착용하지 않으셔도 상관은 없습니다만 어지간하면 착용하시는 게 좋을 겁니다."

현오준은 친절하게 대답했다.

"실력으로 커버하시겠다면 이야기는 다르겠지만요."

"하하하! 하긴 그쪽은 C급에 B급 둘을 데리고 다니시니."

그러다 문득 오연화의 눈치를 보다가, 금방 눈을 피했다.

"아, 아직 팀원 소개를 하지 못했군요. 소개시켜 드리죠. 이쪽이 저희 팀의 에이스인 오연화입니다. S급 15위의 랭커죠."

"유명하신 분이니 모를 수가 없죠. 아하하……. 안녕하세요, 오연화 씨."

권우언은 조심스럽게 웃으며 오연화에게 손을 내밀어 악수를 청했다. 하지만 정작 소개를 받은 장본인인 오연화는 권우언을 빤히 바라보다가 시선을 픽 돌렸다. 권우언이 내민 손도 아랑곳하지 않았다.

권우언은 오연화가 자신에게 별 흥미가 없다는 게 차라리 다행이라고 여기는 듯 한숨을 내쉬었다.

"그리고 이쪽은 구문효 씨입니다."

"아, 저랑 같은 B급?"

구문효를 소개받은 권우언은 표정이 확 밝아졌다. 만만해 보인 모양이었다.

"아뇨, 오늘 부로 A급이 되었습니다."

"A급?"

권우언의 표정이 불쾌한 듯 일그러졌다.

"현오준 팀장, 너무한 거 아닙니까?"

"너무하다뇨?"

"저기 최재철이란 사람도 A급, 이지희라는 사람도 A급, 거기다 구문효 씨까지 오늘부로 A급이라니. 장난이 너무 지나치신 것 같습니다?"

의외의 말에 현오준은 순간적으로 표정 관리에 실패해, 한쪽 눈을 찡그리고 말았다. 그러나 그는 곧 평정심을 되찾고 다시 미소 지으며 입을 열었다.

"장난이라니, 무슨 말씀이신지 잘 모르겠습니다만."

"저희 팀에 오연화 씨를 빼앗기지 않기 위해 팀원들의 어벤저 라이센스를 상향 조정해서 신청하신 거 말입니다."

상향 조정. 단어는 그리 공격적이지 않을지 모른다. 하지만 그 단어가 포함하고 있는 의미는 명백했다.

"…제가 조작이라도 했다고 말씀하시는 겁니까?"

"불가능하지 않죠."

권우언은 딱 잘라 말했다.

"C급으로 입사한 사람이 닷새 만에 A급이 되었다고 말해보세요. 누구든 같은 반응을 보일 겁니다. 말이 되는 소리를 해야지……."

"지금 우리 회사의 라이센스 관리 팀을 의심하시는 겁니까?"

여기까지 오니 현오준도 더 이상 온건한 태도를 견지하지 못하고 목소리가 거칠어지기 시작했다. 그러나 권우언은 그런 현오준의 목소리를 듣고도 코웃음을 칠 뿐이었다.

"그야 의심할 만도 하죠. 그 팀은 우리 아버지 라인이 아니니까요! 우릴 엿 먹이기 위해 당신들의 조작에 동참했다고 하면 앞뒤가 깨끗하게 맞지 않습니까?"

"라인… 이라고요?"

현오준의 얼굴에서 핏기가 싹 가셨다.

옆에서 듣고 있던 최재철도 어이가 없어 웃지도 못했다. 라인이라니.

그러니까 이 도련님께서는 네가 우리 파벌이 아니니 콩으로 메주를 쑨대도 믿지 않겠다, 이렇게 말씀하시고 계신 거였다.

"팀장님."

하도 어이없는 발언이라 아무도 아무 말도 못 하고 있는 상황이었다. 그때 흥분한 기색의 권우언의 어깨에 뒤에 선 경호원 같은 남자가 손을 얹어 그를 진정시켰다.

"…그래요. 이런 곳에서 할 이야긴 아니로군요. 하지만 현오준 팀장, 개수작이 언제까지고 통할 거라고 생각 안 하는 게 좋을 겁니다."

권우언은 그렇게 짖고는, 가장 먼저 내빼듯 자리를 떠났다. 그도 자신이 수위를 넘긴 발언을 했음을 자각은 한 모양이었다. 권우언의 다른 팀원들도 그 뒤를 따랐다. 먹던 음식과 식기는 그 자리에 다 남긴 채였다.

"오늘 작전은 힘들어질 것 같군요."

현오준이 한숨처럼 말했다.

*   *   *

현오준 팀은 권우언 팀과 북한산 차원 균열 앞에서 재회했다. 그 자리에는 유구언 팀도 있었다. 차원 균열 팀을 위해 균열 입구 주변의 어보미네이션을 소탕하는 임무를 맡은 그는 오늘도 기분이 좋아보였다.

"안녕하십니까, 현오준 팀장님. 오늘도 날씨가 좋군요. 작전을 진행하기에 딱 좋은 날입니다. 오늘도 한번 바짝 벌어보도록 합시다."

"아, 그래요. 유구언 팀장님, 오늘도 잘 부탁합니다."

현오준과 유구언이 서로 악수를 하는 사이, 권우언은 그 옆에서 두 팀장을 노려보고 있었다.

"유구언 팀장, 현오준 팀장과 같은 라인이었습니까?"

"전 제 실적 올려주는 사람 라인입니다, 권우언 팀장."

권우언의 시비 거는 말투에 유구언은 느물느물한 말투로 대꾸했다.

"권우언 팀장께서 저희 팀 실적을 올려주신다면 전 언제든 라인을 바꿔 탈 수 있습니다. 뭐, 받아주신다면 말입니다만."

"흥, 박쥐 같은 족속이로군."

"박쥐는 포유류입니다, 권우언 팀장. 동화 읽을 나이는 지나지 않았습니까?"

권우언은 유구언의 되물음에 말문이 막힌 듯 입술을 깨물었다.

"자, 그보다 일을 합시다! 지금은 업무 시간입니다. 디코이! 여의주 씨!!"

"아, 예!"

유구언의 부름에 최재철의 입사 동기인 여의주가 달려왔다.

"준비하시죠."

"알겠습니다!"

여의주는 경례를 하며 대답했다. TA에 들어온 첫 일주일간은 굴곡 있는 시간을 보내야 했던 그이지만, 지금은 표정이 좋아 보이는 게 자신의 임무에 만족하는 모양이었다.

"팀원들을 데리고 매복지로 가주십시오, 권우언 팀장. 이미 임무는 시작되었습니다."

"흥! 말 안 해도 갈 거요!"

권우언은 유구언의 말에 등을 돌렸다. 그의 장비는 여전히 헬필드 전투용으로, 차원 균열 진입용 장비로는 갈아입지 않은 채였다. 그의 팀원들도 마찬가지였다.

"권우언 팀장님, 잠시만요."

현오준이 그를 불러 세웠다.

"뭐요?"

이제는 대놓고 적대심을 표출하는 권우언에게 현오준은 최대한 우호적인 목소리로 말했다.

"차원 균열 진입용 장비로 환복하시는 게 좋을 것 같습니다."

"난 광대가 아니오, 현오준 팀장!"

권우언은 딱 잘라 말했다. 그리고 뒤도 돌아보지 않고 자신들에게 배정된 매복지로 향하기 시작했다. 그 뒷모습을 보며 현오준은 한숨을 푹 내쉬었다.

"어차피 저들과 엮일 건 당신이니 하는 말이지만, 현오준 팀장님."

유구언이 느물대며 말했다.

"진심으로 동정합니다."

"그거 고맙군요."

현오준이 다시 한숨을 내쉬며 대꾸했다.

*   *   *

이미 현오준 팀이 균열 안에 돌입해 한바탕 휘저은 탓인지, 헬필드로 기어 나오는 어보미네이션의 숫자는 그리 많지 않았다. 하지만 그래도 유구언은 신이 났다.

"인비지블 비스트를 이렇게 쉽게 처리할 줄이야. 역시 S급 랭커는 다르군요. 감사합니다, 오연화 씨. 당신이 없었더라면 우리는 전멸했을지도 몰라요."

인비지블 비스트는 중량보다 단가가 높은 편이다. 주로 차원 균열 안쪽에서 출몰하는 탓에 헬필드에서 보기엔 희귀하기도 희귀하지만, 그 완벽에 가까운 투명화 능력 덕에 연구실로 들어가기 때문이다.

진작 차원 균열 진입 작전을 한 WF는 이미 충분히 샘플을 확보해서 관련 기술을 몇 개 내놓았지만, TA는 여전히 연구 진척이 늦어서 속을 태우고 있었다.

그런 상황에서 인비지블 비스트를 두 개체나 잡았으니, 아무리 오연화의 힘을 빌린 탓에 공헌도를 나눠줘야 한들 신이 안 날 수가 없었다.

"어쨌든 차원 균열 바로 앞에서 이렇게 떠들어도 어보미네이션이 안 나오는 걸 보니 저희 임무는 마무리된 것 같습니다. 이제 돌입해서도 될 것 같군요."

유구언의 그 소리를 듣고 나서야 권우언은 그의 팀원들과 함께 슬그머니 매복지에서 기어 나왔다. 그들도 모든 것을 보고 있었다. 오연화를 똑바로 쳐다보지 못하는 그들의 모습이 조금쯤은 재미있게 보였다.

"그럼 사전에 브리핑한 대로, 저희 팀이 먼저 차원 균열에 돌입하도록 하겠습니다."

현오준이 그렇게 말하자, 권우언은 고개를 저었다.

"아뇨, 저희가 먼저 들어가겠습니다."

"하지만……."

"저희를 견제하시는 겁니까?"

권우언이 눈을 치떴다. 유구언이 현오준의 어깨에 손을 올렸다. 고개를 젓는 유구언을 보며 현오준은 고개를 끄덕였다.

"알겠습니다. 그렇게 말씀하신다면… 먼저 돌입하시죠."

"흥!"

권우언은 코웃음을 한 번 치고, 팀원들을 끌고 먼저 차원 균열 안으로 돌입했다.

"그럼 저희는 5분 후에 돌입하겠습니다. 임무를 교환하는 형태로……."

"그렇게 하시오!"

현오준은 진입하는 권우언의 등에다 대고 말했지만 권우언은 뒤도 돌아보지 않고 소리쳐 대답했다.

그리고 1분 후.

"으아아아악!!"

권우언이 비명을 지르며 가장 먼저 차원 균열에서 도망쳐 나왔다.

'재미있을 정도로 예상대로로군.'

최재철은 웃지도 못했다. 이렇게까지 한심해 주면 웃을 마음도 안 들게 마련이다.

"히이이이익!"

권우언의 뒤를 따라, 다른 팀원 하나도 나왔다. 차원력을 보아 B급. 이 사람이 아마도 또 다른 하나의 낙하산일 터였다. 그리고 열을 셀 시간이 지나도 다른 팀원들은 나올 기미가 보이지 않았다.

'나도 많이 무르군.'

최재철은 망설임 없이 차원 균열 안으로 몸을 던졌다.

"부탁합니다, 최재철 씨!"

피투성이가 된 권우언을 부축한 현오준이 그렇게 외쳤다. 명령 무시가 아님을 미리 못 박아두는 행동이었다.

"알겠습니다!"

그렇게 대답하며 최재철은 차원 균열 안에 들어섰다.

예상대로 차원 균열 안은 들어온 인간을 가장 먼저 반겨주는 현상이 일어나고 있었다. 어보미네이션들이 차원 균열 생태계의 밑바닥으로 새로 들어온 인간들을 환영해 주는, 소위 말하는 어보미네이션 웨이브라고 불리는 현상이다.

그 수많은 어보미네이션을 상대로 세 명의 A급 어벤저가 두 주인의 퇴로를 확보해 주기 위해 지금도 처절한 전투를 벌이고 있었다. 괜히 A급은 아닌 듯 아직까지는 잘 버티고 있었지만 이미 전신이 피투성이였다.

"물러서!"

최재철이 벼락처럼 외치며 전면으로 튀어나갔다. 바로 세 A급
어벤저의 앞을 막아선 그는 철검을 빼어들어 달려드는 어보미네
이션들을 사정없이 베어 넘겼다.

"이 틈에 얼른 퇴각하라!!"

"당신은?"

"어서!"

걸리적거리니까 얼른 빠지라고 하는 걸 못 알아들은 모양
인지, 그들은 잠깐 얼쩡대다가 결국 등을 돌리고 먼저 바깥으
로 나갔다.

그들이 다 나가고 목격자가 사라지자, 최재철은 더 이상 힘
을 아낄 필요가 없었다.

그는 자신 앞으로 모여든 모든 어보미네이션을 전부 다 염
동력으로 쓸어 담고, 그대로 벽에 처박아 죽였다. 한 번, 두
번, 세 번.

"끝!"

상황 종료. 벽면에 처발라진 어보미네이션 시체들이 마치
벽화처럼 보였다.

"후."

자신이 만들어낸 작품을 잠깐 감상하던 최재철은 짧은 한
숨을 내쉬고, 다시 차원 균열 바깥으로 나갔다.

멀쩡한 모습으로 나온 최재철을 권우언 팀의 면면이 바라보고 있었다. 하나같이 믿을 수 없을 정도로 경이로운 것을 보기라도 한 듯한 표정이었다.

그리고 그런 최재철을 향해 달려드는 오연화.

"선생님!"

여기에 쐐기와도 같은 오연화의 외침.

권우언은 이렇게 인식했을 것이다. 자신들은 똑바로 쳐다보지도 못할 정도로 굉장한 능력자인 오연화가 선생님이라고 부르는 존재.

그게 최재철이라고.

'이 녀석, 다 알고 했군.'

최재철은 오연화를 내려다보면서 싱긋 웃었다.

그녀는 자신이 보여준 능력이 권우언에게 어떻게 받아들여졌을지 충분히 이해하고, 자신이 최재철을 선생님이라고 불렀을 때 어떤 파급효과가 생길 것인지 전부 예상하고 움직인 것이다.

아직 어리지만 눈치도 빠르고 머리도 비상하다. 거기다 강력한 능력까지. 아군이라면 이렇게나 든든할 수가 없는 인재이다.

결국 그는 오연화가 자신의 허리에 들러붙는 것을 용인했다.

"어떻게 됐습니까?"

여기에 굳이 현오준이 이렇게 또 묻는다.

"다 정리했습니다."

이렇게까지 손발이 척척 맞아들면 웃음밖에 안 나온다. 그리고 지금은 웃어도 되는 상황이었다. 그래서 최재철은 웃었다.

그 결과.

권우언은 지금 신이라도 보는 것 같은 시선으로 최재철을 보고 있었다.

*　　　　*　　　　*

권우언 팀이 입은 피해는 막대했다. 방어구와 무기는 모조리 파괴되었고, 중상자 3명에 경상자 2명이 발생했다. 그리고 중상자는 모조리 A급. 두 명은 능력으로 상처를 막고 어떻게든 버티고 있었지만, 중상자 중 한 명은 이미 중태에 빠져서 즉시 병원으로 옮겨야 했다.

누가 봐도 도저히 더 이상 작전을 지속할 수 없는 피해였다.

"사망자가 발생하지 않은 게 기적적이로군요."

현오준이 한숨처럼 말했다.

"…이게 다 제 탓이라는 겁니까?"

팀원들 중에서는 가장 멀쩡한 권우언이 눈을 치뜨며 반발

했다.

"네."

현오준은 딱 잘라 대답했다. 그러자 권우언은 입을 딱 벌렸지만, 달리 할 말이 생각나지 않는 듯 결국 현오준의 시선을 피했다.

"어쨌든 저희는 작전을 속행하겠습니다. 권우언 팀장은 비교적 멀쩡해 보이니 작전에 동행하시겠다면……."

"아니요."

의외로 권우언은 고개를 저었다.

"저도 팀원들을 챙겨야겠습니다. 이번에는 동행을 포기하도록 하죠."

이를 득득 갈면서, 그렇게 말했다.

"현오준 팀장, 이번 일은 제 탓이 맞습니다. 인정하죠. 하지만 다음에는 이렇게 되지 않을 겁니다. 각오해 두세요."

뭐라고 평하기 애매한 소릴 남기고 권우언은 팀원들과 함께 헬기를 타고 후방으로 향했다.

"전 대체 뭘 각오해야 되는 거죠?"

권우언이 떠난 뒤에야 현오준이 혼잣말처럼 말했다. 최재철도 그 질문에 대한 답은 찾을 수 없었다.

* * *

그날 현오준 팀의 첫 일은 최재철이 처치한 어보미네이션 시체를 밖으로 끌어다 내놓는 것이었다. 이거야 지난 목요일에도 한 번 했었던 작업이었다.

그리고 드디어 사흘 만에 정식으로 차원 균열 탐사가 재개되었다.

"사부님이 한 번 처리를 하셨는데 저렇게 또 모여들다니……. 저놈들은 어디서 저렇게 모여드는 걸까요?"

구문효가 통로 너머에서 자신들을 노려보고 있는 어보미네이션 무리의 안광을 보며 투덜거렸다. 최재철은 그 답을 안다.

바깥 때문이다.

이 동굴을 통해 나갈 수 있는 틈새 차원은 만만치 않은 곳이다. 목숨이 세 개씩 있는 어보미네이션이라도 살아남는 게 녹록치 않은 가혹한 환경이다.

그런 만큼 가치 있는 것도 많지만, 그건 인간에게나 보상이지 당장 살아남는 게 목적인 어보미네이션들에겐 별 의미도 없는 것들이다.

그러니 조금이라도 생존 확률이 높은 이런 동굴에 모여드는 것이다.

물론 그런 지식을 지금 여기서 풀어놓을 수는 없다. 그러므로 최재철은 간략하게 대꾸했다.

"그러게."

거기서 구문효의 대화는 일단 끝났다. 현오준이 입을 열었다.

"자, 그럼 다시 진행해 보죠. 오른쪽이었나요? 최재철 씨."

"맞습니다, 팀장님. 제가 앞장서죠."

본래 대형대로 최재철은 가장 앞에 섰다. 현오준 일행이 오른쪽 통로로 다가서자 거기 있던 어보미네이션들이 달아나 그들에게 길을 터주었다. 머리는 나쁘지만 생존 본능은 기가 막힌 놈들이다. 덕분에 그들은 별 저항을 받지 않고 중력이 바뀌는 구간까지 올 수 있었다.

"이쯤에서 빅 카멜레온이 덤벼들 때가 됐는데."

구문효가 중얼거렸다.

하지만 실제로 그런 일은 일어나지 않았다. 현오준 일행을 피해 달아난 놈들이 변색 도마뱀 무리에게 걸려, 도마뱀들은 그것들을 사냥하고 포식하느라 여념이 없었다.

세 개 있는 어보미네이션 목숨을 최대한 활용하려는 듯, 도마뱀들은 자신들보다 약한 어보미네이션들을 산 채로 뜯어먹고 있었다. 되살아나면 살까지 같이 재생될 테니 대단히 효율적인 섭식 방식이었지만, 옆에서 보기엔 그저 끔찍해 보일 뿐이었다.

"잘 봐둬."

도마뱀들에게서 시선을 피하려는 제자들에게, 최재철은 말했다.

"우리도 저렇게 해야 할 수 있어."

"…어보미네이션을 먹어야 한다고요?"

오연화가 끔찍해하며 되물었다.

"식량이 다 떨어진다면 그래야 할 수도 있지."

최재철은 아무렇지도 않게 대꾸했다. 실제로 그는 이미 어보미네이션을 먹어본 경험이 있었다. 살아남기 위해서는 뭐든 먹어야 하는 법이고, 그 '뭐든'에 어보미네이션이 예외가 될 수는 없었다.

"으……!"

하지만 이지희는 정말 싫은 듯 몸서리쳤다.

'뭐, 싫은 걸 좋아하라고 할 수는 없는 법이지.'

어보미네이션을 먹는다고 딱히 더 좋을 것도 없다. 차원력이 늘어나는 것도 아니고 해당 개체의 차원 능력을 가져올 수 있는 것도 아니다. 예외가 있긴 하지만 지금 이 동굴 안에서 굳이 떠올릴 필요는 없는 경우의 수였다.

어쨌든 어보미네이션을 먹는다는 건 어지간하면 어쩔 수 없는 상황에서나 일어날 일이었다.

"그러니 배가 더 고파지기 전에 얼른 가자고."

최재철은 그렇게 이야기를 마무리했다.

그리고 그들은 전에 레펠 장비가 없어서 진행하지 못했던,

수직으로 난 통로 앞에 도착했다.

"사실 금요일까지만 해도 레펠 장비가 꼭 필요했지만 지금은 꼭 그렇지만은 않습니다."

최재철이 말했다.

"구문효를 포함에서 이제 모두 신체 능력 강화가 가능하니, 능력을 발동하고 그냥 뛰어내려도 될 것 같습니다."

어지간하면 그냥 능력에 의존하지 않고 레펠 장비를 이용하자고 말할 최재철이었지만, 지난주 목요일에 대장간에 발주를 넣어 야근에, 주말특근까지 시켜가며 급하게 만든 이 장비들은 별로 신용이 가지 않았다. 만듦새만 보면 딱 급조된 장비다. 그야 좋은 게 쉽게 만들어질 리는 없었다.

"그렇습니까? 그럼 그러도록 하죠."

현오준도 생각이 다르지는 않은지 딱히 반대를 표하지는 않았다.

"저, 선생님. 전 아직……."

"넌 내가 안고 뛰어내리지, 뭐."

오연화가 자신이 없는 듯 우물거렸지만, 최재철은 일축했다.

"그럼 연화랑 제가 먼저 뛰어내리겠습니다, 팀장님."

"늘 궂은 일만 맡겨서 죄송하군요. 하지만 전 오연화 씨의 몸에 손을 댈 수 있을 정도로 대담하질 못해서. 부탁합니다, 최재철 씨."

"알겠습니다."

오연화를 품에 안은 최재철은 통로를 향해 휙 뛰어내렸다. 별문제 없이 착지한 그는 오연화를 내려놓았다. 오연화는 최재철의 목을 안은 채 몇 초쯤 저항했지만, 결국은 떨어질 수밖에 없는 걸 그녀도 잘 알고 있었다.

통로 위에다 대고 손가락을 몇 번 퉁겨 신호하자, 다음 인원이 떨어져 내렸다. 이지희였다. 깨끗하게 착지해서 충격을 줄이는 모습이 과연 신체 능력에 자신이 있는 제자다웠다. 칭찬을 바라는 것 같은 시선으로 쳐다보고 있기에 최재철은 고개를 끄덕여 주었다.

"잘했어."

다시 신호를 보내자 다음 인원이 떨어져 내렸다. 구문효였다. 마지막으로는 현오준이 뛰어내려 모든 인원이 별문제 없이 수직 통로를 통과했다.

"그런데 다시 올라갈 때는 어떻게 하죠?"

이지희가 뒤늦게 생각난 듯 그렇게 물었다.

"그냥 뛰어 올라가면 되지."

"이 높이를요?"

태연하게 대답한 최재철에게 구문효가 놀라며 되물었다.

"뭐, 먼저 올라간 사람이 로프를 내려주면 되고."

최재철이 그렇게 이어 말하자 그제야 이지희와 구문효가 안

도하는 기색을 보였다. 하기야 그들의 능력으로는 아직 이 정
도 높이를 단번에 뛰어오르는 건 힘들 터였다. 현오준이나 최
재철 정도나 가능하겠지.

"그럼 다시 진행하죠."

현오준은 다시 온몸의 아드레날린이 샘솟는 모양이었다. 본
인은 냉정한 척을 하려는 모양이지만 흥분한 기색이 역력했
다. 지난번에 최재철이 말한 '바깥'에 대해 상상하고 있는지도
몰랐다.

"알겠습니다, 팀장님."

최재철이 다시 전면에 섰다.

현오준의 기대와 달리, 그들은 30분 정도 아무 일도 없이
그냥 걸어야 했다. 사람이 걸으라고 만들어놓은 통로는 아닌
지라 걷기가 그리 편하지는 않았다. 체력이 가장 약한 오연화
가 조금씩 지친 기색을 보이기 시작했다.

최재철이 멈추고 주먹을 들어 올려 보였다. 정지 신호다. 갑
자기 멈추느라 오연화가 이지희의 등에 얼굴을 박았다. 최재
철은 그쪽을 보지 않았다. 그는 어둠에 휩싸인 정면을 바라보
았다. 꾸물꾸물 움직이는 것이 그의 눈에는 보였다.

"인비지블 비스트입니다."

최재철이 현오준에게 보고했다.

투명 마수, 인비지블 비스트였다. 현오준 팀은 이미 겪어본

어보미네이션이었다. 그들이 처음 합을 맞춘 와우산 차원 균열에서의 훈련에서 잡아본 적이 있다. 방금 전에 유구언 팀이 오연화의 힘을 빌려 잡기도 했고.

하지만 이번에는 두 마리가 동시에 나타났다. 저 녀석들은 하급 어보미네이션과 달리 영악하고 기억력이 좋았다. 한 마리를 잡더라도 다른 한 마리를 놓치면 앞에서 무슨 함정을 파놓고 기다릴지 모른다. 방심할 수 없는 존재였다.

인비지블 비스트 놈들은 아무렇지도 않은 듯 움직이고 있었지만, 저건 기만책이다. 녀석들은 이미 이쪽의 존재를 인지했다.

'자, 이제 어쩐다?'

최재철은 적어도 팀원들 앞에서는 최재철의 능력만으로 사태를 헤쳐 나갈 생각이었으므로, 최대한 조심스럽게 대응할 생각이었다. 그나마 A급을 달았으니 더 강력한 능력을 보여줄 수 있게 된 건 다행이었다.

"팀장님, 죄송합니다만 당분간 선봉을 부탁드립니다."

"어쩌실 생각이죠?"

"저놈들의 퇴로를 막아 증원을 방지해 볼 생각입니다."

"그렇다면 후미는 이지희 씨가 맡아주셔야 하겠군요."

"알겠습니다."

현오준의 말에 이지희가 알아서 일행의 맨 뒤에 섰다. 척하면 척이니 일하기가 편하다.

최재철은 고개를 끄덕이고, 사전 동작 없이 곧장 튀어나갔
다. 순간적으로 바람의 장막을 쳐 모습을 숨긴 덕택도 있었던
지라, 인비지블 비스트 놈들은 제대로 반응하지 못했다.

순식간에 배후를 잡힌 놈들은 당황하는 기색이었다. 최재
철은 먼저 반응해 뒤돌아서려는 놈을 꽝 차서 일행 쪽으로
날려 버리고, 다른 한 놈과는 일대일로 대치했다. 곧장 인비지
블 비스트의 강맹한 촉수 공격이 날아들었다.

"후."

최재철은 짧게 웃으며 양손에서 차원력 커터를 전개했다.
아무리 A급 어보미네이션의 촉수라 한들, 최재철의 차원력 커
터를 버텨낼 수 있을 리는 없었다. 공격할 때마다 촉수가 잘
려 나가니, 인비지블 비스트는 상당히 당황한 기색이었다.

저벅저벅. 최재철은 인비지블 비스트를 향해 걷기 시작했
다. 압도당한 인비지블 비스트는 조금씩 물러나기 시작하더
니, 이대로는 안 되겠다고 생각한 건지 날카로운 이빨을 벌려
최재철에게 달려들었다. 괜찮은 선택이었다. 상대가 최재철만
아니었다면.

"한 번."

인비지블 비스트의 목이 잘려 나갔다. 촉수가 아닌 본체라
한들 차원력 커터에 잘리지 않는 것도 아니었다. 되살아난 인

비지블 비스트는 곧장 앞으로 뛰어 도망치려고 했지만, 도망칠 수 있었던 건 동체의 앞부분뿐이었다. 뒷부분은 잘려 나가 있었다. 최재철이 인비지블 비스트의 동체를 반으로 쪼갰기 때문이었다.

"두 번."

최재철은 나지막하게 선언했다. 인비지블 비스트는 한국어를 알아듣지는 못했지만, 자신의 목숨이 이제 하나밖에 남지 않았음은 알고 있을 터였다. 그래서 필사적으로 다시 도주를 꾀했지만 별의미는 없었다.

쭉 늘어난 차원력 커터에 의해 인비지블 비스트의 동체는 이번에는 좌우로 나뉘었다.

"끝났군."

최재철은 후, 하고 짧은 한숨을 내쉬었다. 그의 말대로 인비지블 비스트는 이미 절명했다.

"저쪽도 잘 했겠지?"

훈련 첫날에는 현오준 팀을 그럭저럭 고생시켰던 인비지블 비스트지만, 성장한 그의 제자들은 손쉽게 처치할 수 있으리라고 최재철은 생각했다. 그렇기에 제자들 쪽으로 인비지블 비스트를 차준 것이다. 한 방 차줬을 때 목숨도 하나 날아갔을 거고, 제자들은 두 번만 죽이면 됐을 터였다.

"아, 선생님! 무사하셨네요!!"

어둠 너머에서 달려온 건 오연화였다. 이게 인비지블 비스트가 변장한 모습이었다면 재미있었겠지만 이 A급 어보미네이션에게 그런 능력은 없었다. 아니나 다를까, 오연화의 등 뒤에는 이미 죽어 나자빠진 인비지블 비스트의 시체가 보였다.

"날 도우러 온 거야?"

"혹시나 해서요. 역시나였지만요."

제자들이 이 괴물을 손쉽게 처치하리라고는 생각했지만 이렇게 금방 처치하고 자신을 도우러 올 거라고는 예상하지 못했던 최재철은 약간 감동하고 말았다.

"그래, 잘했다."

"저 혼자 한 건 아니지만요."

오연화는 투덜거리듯 말했다.

"전 제가 다른 사람들과는 차원이 다른 존재인 줄 알았는데, 꼭 그렇지는 않은가 봐요."

오연화의 말에 최재철은 픽 웃고 말았다.

"다시 노력할 마음이 들었니?"

"네… 뭐."

"다행이네. 좋은 일이야."

툴툴대는 제자에게 그렇게 속삭여 주며, 최재철은 다시 일행과 합류했다.

                    *   *   *

　상당히 비싼 가격에 매매되는 인비지블 비스트의 시체지만
현오준은 이번에도 미련 없이 버리고 가기로 결정했다. 이걸
들고 움직일 수도 없으니 당연하다면 당연한 결정이다.

　"빅 카멜레온 놈들은 오늘 포식하는 날이로군."

　구문효가 투덜거렸다. 돈으로 환산해 보면 아깝다고 생각
되는 게 정상이긴 하다.

　"자, 다시 진행하죠. 최재철 씨, 부탁드립니다."

　"알겠습니다, 팀장님."

　미련을 떨치고 그들은 다시 전진하기 시작했다. 가는 동안에
인비지블 비스트와 더 조우했지만, 별 어려움 없이 처치했다.

　그리고 다시 갈림길이 등장했다.

　"갈림길도 갈림길이지만, 저 우글거리는 인비지블 비스트
무리가 더 문제로군요."

　반대편 통로에 척 봐도 열 마리가 넘는 인비지블 비스트가
있었다. 변색 도마뱀과 달리 위협한다고 도망칠 놈들은 아니
었다.

　그렇다고 부주의하게 먼저 덤벼올 놈들도 아니었다. 머리가
좋은 놈들이다. 지금까지 지나온 통로에 몇 마리씩 서 있었던
건 초병 격인 놈들이었다. 초병들이 도망쳐 오지도 못할 정도

로 현오준 팀이 강력한 화력을 투사할 수 있는 상대라는 건 그들도 알아챘을 터였다.

인비지블 비스트 무리와 현오준 팀 간의 긴장을 늦출 수 없는 대치 구도가 형성되었다.

무시하고 지나치면 등 뒤에서 습격해 올 터였다. 되돌아가려고 등을 내보여도 똑같으리라. 양측 모두 똑같은 생각을 하고 있었다.

'아, 지겹다. 그냥 달려들어서 다 죽여 버릴까?'

최재철이 그런 생각을 할 때였다. 갑자기 인비지블 비스트 무리에 소란이 일었다. 현오준 팀에 등을 보이는 위험마저 감수하고, 그것들은 갑자기 내달리기 시작했다. 무언가를 피해 도망치는 것 같았다.

그리고 그 무언가가 모습을 드러냈다. 눈이 여러 개 달린 촉수를 쭉쭉 뻗어 무리에서 가장 뒤떨어진 인비지블 비스트를 휘감았다. 사로잡힌 인비지블 비스트는 끔찍한 비명 소릴 내었지만 무리의 다른 개체들은 신경도 쓰지 않고 필사적으로 내달렸다.

"빅 마우스!"

그 어보미네이션과 상대를 해보았던 오연화가 알아보고 이름을 외쳤다. 최재철은 이계에서 틈새의 눈이라 불렀던 상위 개체다.

사로잡은 인비지블 비스트의 촉수를 산 채로 뜯어내 으적으적 씹어 먹고 있던 빅 마우스의 수많은 시선 중 몇 개가 문득 현오준 일행을 향했다. 그리고 곧 더 많은 시선이 이쪽으로 쏠렸다.

"이런……!"

구문효가 낭패한 듯 속삭였다. 승산이 없다고 느낀 모양이었다.

'이 녀석은 아직도 자기 실력에 대해 자신이 없나?'

최재철은 긴장감도 없이 웃었다. 그가 생각하기에 지금 현오준 팀은 빅 마우스를 별 피해도 받지 않고 여유 있게 죽이고도 남을 전력을 갖추고 있었다. 하지만 구문효의 긴장은 다른 이들에게도 번져서, 현오준마저도 긴장하기 시작했다.

긴장하지 않고 있는 팀원은 오연화뿐이었다.

"연화야."

그래서 최재철은 오연화를 불렀다.

"네, 선생님."

"가자."

"네."

연화는 기다렸다는 듯이 대답했다.

"최재철 씨?"

"팀장님, 후방 지원을 부탁드립니다."

빅 마우스는 인비지블 비스트의 천적이다. 하지만 그렇다고 그 천적을 처치해 주는 현오준 팀에게 호의를 가질 거라고 생각하기는 힘들었다. 빈틈을 노려서 뒤를 덮치지 않으면 다행이었다. 그렇기에 후방 지원은 반드시 필요했다.

"알겠습니다."

현오준의 대답도 받았겠다, 더 망설일 건 없었다.

"문효야, 지희야, 센 거 한 발씩 쏴줘라."

"아, 네!"

"알았어요!!"

빛의 칼날과 뇌전 다발이 빅 마우스를 향해 날았다. 빅 마우스는 놀라서 먹던 인비지블 비스트도 집어던지고 차원력을 집중해 방어막을 펼쳤다. 결과적으로 빛의 칼날과 뇌전 다발은 빅 마우스에게 별다른 타격을 주지 못했지만, 그건 별문제가 되지 않았다.

접근할 수 있으면 그걸로 된 거니까.

"연화야!"

"네!!"

오연화의 염동력 손아귀가 빅 마우스의 촉수 세 개를 틀어쥐었다. 그리고 최재철도 양손에서 차원력 커터를 빼어들어 빅 마우스를 덮쳤다. 방어막을 펼치느라 빅 마우스의 반응은 다소 느렸다. 순식간에 두 개의 촉수가 잘려져 나갔다.

빅 마우스의 눈들이 경악에 잠겼지만 이미 늦었다. 다섯 개의 촉수 중 두 개가 잘려져 나가고, 다음 셋은 오연화에게 틀어쥐어져 있으니 빅 마우스에게 움직일 수 있는 건 이제 없었다.

"후."

최재철은 짧게 웃으며, 오연화가 틀어쥔 세 개의 촉수를 마저 잘랐다. 이제 입만 남은 동체가 촉수 하나도 없이 그 자리에 나뒹굴었다.

"전보다 잘하는구나, 연화야."

"한 번 상대해 본 적이니까요."

칭찬 받은 게 기쁜 듯 웃으며, 오연화가 대답했다.

"팀장님, 끝났습니다."

최재철은 후방으로 물러난 인비지블 비스트들을 상대로 경계 태세를 취하고 있던 현오준과 다른 일행들을 불렀다.

어쨌든 빅 마우스를 순식간에 처치하는 것에 성공했으므로, 이제부터는 인비지블 비스트의 급습을 두려워할 필요는 없어졌다. 그 이유는 물론 저 어보미네이션들이 천적을 처치해 준 현오준 팀에게 감사해서가 아니다.

인비지블 비스트에게 있어서 빅 마우스는 아예 만난 순간 바로 도망쳐야 하는 자신들의 천적이다. 현오준 팀은 그런 자신들로서는 도저히 대항할 수 없는 천적을 일순간에 처치해 버렸다.

이로써 인비지블 비스트 무리는 최재철과 오연화에게서 두려움을 느끼게 되었다. 도저히 덤벼들 생각조차 못 할 정도로 큰 공포를.

그 증거로 최재철이 그들을 향해 한 발을 내딛자, 인비지블 비스트들은 두어 걸음을 크게 물러났다. 공포의 전이가 제대로 되었음을 확인한 최재철은 현오준에게 설명했다.

"이제 인비지블 비스트 무리는 우리에게 쉽게 덤비지 못할 겁니다. 그리고 저 빅 마우스가 들어온 통로 방향이 바깥입니다."

저 빅 마우스는 본래 이 동굴에 있었던 존재가 아니라 바깥에서 도망쳐 온 인비지블 비스트 무리를 잡아먹기 위해 쫓아온 개체였다.

설명을 들은 현오준은 그제야 경계 태세를 풀었다.

"그럼 이제 앞으로 갈 수 있겠군요."

현오준은 다행이라는 듯 말했다. 이 남자에게 있어선 돈이나 명예보다 이 차원 균열을 탐사하고자 하는 욕망이 더 큰 것 같았다. 그리고 최재철에겐 그 욕망을 채워줄 능력이 있었다.

"가시죠."

일행은 다시 전진하기 시작했다. 인비지블 비스트들은 그들의 뒷모습을 바라만 보고 있었다.

　　　　　*　　　　　*　　　　　*

　그리고 그들은 드디어 당도했다.

　틈새 차원, 차원과 차원 사이에 나타난 또 다른 차원에.

　여기는 김인수가 당도했던 이계와는 다른 장소이다. 김인수
가 파주의 차원 균열을 통과해 간 이계는 또 다른 오래된 차
원이다.

　원래 차원 균열의 입구는 오래된 차원, 출구는 틈새 차원으
로 나 있는 게 일반적이다. 파주의 차원 균열이 특이했던 것
으로, 입구와 또 다른 입구가 연결되어 있는 케이스였다.

　하지만 여기는 다르다. 여기가 바로 그 '일반적인 차원 균열'
로, 현오준 팀은 지금 틈새 차원으로 들어서는 출구에 서 있
었다.

　태어난 지 얼마 되지 않은 이 새로운 차원은 오래된 차원들
의 영향을 받아 심하게 일그러져 있다. 사막과 정글, 설원과
용암 지대가 불과 수백 미터 간격으로 뒤섞여 있는 광경은 언
제 봐도 기괴했다.

　여기에 몇 걸음 걸을 때마다 뒤바뀌는 낮과 밤, 여름과 겨
울, 태양의 크기와 달의 숫자., 그리고 무차별적으로 습격해 오
는 차원 마수들.

틈새 차원이 인접한 다른 다종다양한 차원의 영향을 받아 뒤섞여 일그러진 결과물이다. 차원 마수, 어보미네이션이 여러 종류의 생물이 뒤섞인 것처럼 생긴 이유이기도 하다.

정신적으로 연약한 인간이라면 이런 환경에 던져지면 금세 미쳐 버리고 말 것이다. 하지만 이런 환경이기에 얻을 수 있는 것도 있다. 진정으로 가치 있는 것은 지옥에서만 얻을 수 있다는 말이 있다. 그 말이 사실이라면, 여기가 바로 그 지옥이다.

틈새 차원의 광경에 압도되어 그 자리에 굳어져 버린 팀원들을 보며, 최재철은 웃었다. 저들이 굳어져 버린 이유는 비단 눈앞에 펼쳐진 광경 때문만은 아니다.

제아무리 차원력을 시각화해서 보는 능력이 없더라도, 어벤저라면 이 세계의 본질을 놓칠 리 없다. 늙은 차원인 지구와는 달리, 이 어리고 젊은 차원이 뿜어내는 압도적인 차원력을 그들은 지금 피부로 느끼고 있으리라.

"이건… 굉장하군요."

현오준이 눈앞의 광경에 압도된 듯 몸을 떨며 말했다.

"여긴 다른 세계인 겁니까?"

"그렇게 보이는군요."

최재철이 대답했다.

"여길 탐험하려면 며칠이 있어도 모자라겠어요."

"지금 저희가 가진 장비로는 탐험하는 것도 좀 무리가 있겠죠."

현오준의 말에 최재철이 돌려서 말했다.

그들이 지금 서 있는 곳은 높은 바위산의 절벽 위였다. 그렇기에 이 틈새 차원의 광경을 멀리까지 볼 수 있었던 이유이기도 했다. 그건 다행이긴 했지만, 최재철의 말대로 장비 없이 여길 등반하거나 하강하는 것은 너무 위험도가 높았다.

그들이 가져온 레펠 장비를 신뢰할 수 있었다면 이야기는 달라졌겠지만 안타깝게도 급조된 장비로 낭떠러지를 공략하는 건 무리가 있었다.

물론 부족한 장비란 건 레펠 장비뿐만은 아니었다. 낭떠러지 아래는 정글이 펼쳐져 있었다. 사실 일반인이 정글에서 먹을 것을 찾기란 불가능에 가깝다. 이 경우는 전문가라도 마찬가지다. 저 정글은 다른 세계의 정글이다. 지구의 전문지식이 통용되리라고 생각하긴 어려웠다.

즉, 며칠 치의 식량, 물, 그리고 정글용의 장비가 필요했다.

"여기서는 일단 돌아가서 이 세계의 존재를 보고하는 게 좋겠습니다."

"그렇군요. 오랜 시간 동안 외부와 연락을 취하지 않으면 저희 팀이 전멸했다는 보고가 올라갈 수도 있겠고요. 지금은 여기서 돌아서는 게 맞는 판단 같습니다."

현오준도 같은 생각인지 고개를 끄덕였다. 하지만 그의 발길은 좀처럼 떨어질 줄을 몰랐다. 이성과 감성이 충돌하는 상황인 것이리라.

"자, 자."

현오준은 눈을 꾹 감고 고개를 몇 번 흔든 후, 한숨을 크게 내쉬고는 다시 입을 열었다.

"돌아갑시다. 오늘은 이 공간… 이 세계의 존재를 확인한 것만으로 만족합시다."

"다시 올 수 있을 겁니다."

"다시 와야지요."

현오준은 강한 의지로 눈을 빛내며 최재철의 말을 긍정했다.

*   *   *

돌아오는 길은 더 간단했다.

인비지블 비스트들은 현오준 일행을 더 이상 노리지 않았으며, 그건 빅 카멜레온을 포함한 다른 어보미네이션들도 마찬가지였다. 그들은 그냥 왔던 길로 되돌아가기만 하면 됐다.

현오준 팀이 돌아오는 길에 남겨두었던 어보미네이션 시체는 모조리 사라져 있었다. 다른 어보미네이션들이 포식한 것이리라. 빅 마우스의 촉수들도 먹어치웠는지 보이지 않았다.

대신 입만 뻐끔거리고 있는 빅 마우스의 본체는 남겨져 있었다. 본체마저 먹어치우면 빅 마우스가 부활할 테니, 다른 어보미네이션이 건드리지 않은 건 당연했다.

　이번 탐사로 얻은 성과는 바로 이 빅 마우스의 본체였다. 이 정도로 강력하고 희귀한 어보미네이션을 생포한 사례는 극히 드물다. 그럭저럭 보상을 기대할 수 있으리라.

　차원 균열에서 나와 보니 이미 해가 저물어가고 있었다. 시계를 사용할 수 없었던 데다 계속 어두컴컴한 동굴 안에서만 움직였기에 시간관념이 희미해져 있던 터여서 팀원들은 벌써 시간이 이렇게 됐냐며 놀랐다.

　"오늘도 야근은 피할 수 없겠군요. 죄송합니다."

　현오준의 말에 팀원들은 다 함께 웃었다. 아주 재미있는 농담을 들은 것처럼.

　"아니, 왜 웃으시죠?"

　"아뇨, 갑자기 현실로 돌아온 것 같아서요."

　당황한 현오준의 질문에 구문효가 대답했다.

　"저희가 저기서 보고 온 게 워낙… 그렇잖아요."

　이지희가 그 뒤를 이었다.

　"하지만 오늘도 야근인가요. 월요일부터 야근이라니, 이러면 게임은 언제 하죠?"

　오연화가 투덜거렸다.

"앞으로는 게임하기 더 힘들어질 거야."

"네?"

최재철의 말에 오연화는 청천벽력이라도 맞은 것 같은 표정으로 되물었다. 그 반응이 웃겨서 최재철은 간신히 웃음을 참으며 이유를 말해주었다.

"이제부터 저 틈새 차원에 며칠이고 틀어박혀야 할 테니까."

"틈새 차원! 차원 균열 끝에 틈새 차원이라. 괜찮은 명칭이로군요."

최재철이 사용한 새로운 용어가 마음에 든 듯 현오준이 몇 번이나 틈새 차원, 틈새 차원하고 되뇌었다. 사실 최재철의 입장에선 그냥 깜박하고 부주의하게 입 밖에 낸 단어였지만, 이 정도야 뭐 별문제가 되지는 않으리라.

*　　　　*　　　　*

야근을 마치고 귀가 중인 최재철에게 전화가 왔다. 모르는 번호였다. 최재철은 전화를 받았다.

"여보세요?"

─최재철 씨로군요?

최재철은 목소리의 주인을 금방 파악했다. 권우언이었다.

"맞습니다."

―전 권우언입니다. 오늘 낮에도 뵈었죠?

"네. 다친 팀원들은 괜찮습니까?"

―네, 괜찮습니다. 걱정해 주셔서 감사합니다.

권우언의 태도는 의외로 깍듯했다. 그렇기에 오히려 의도를
파악하기 쉬웠다.

"본론을 말씀하시죠."

―최재철 씨, 저희 팀으로 오십시오.

더군다나 권우언은 자신의 의도를 숨기려고도 하지 않았
다.

―당신이 대단한 인간이라는 건 알았습니다. 어떤 이유인지
는 모르겠지만 저희를 속이셨더군요.

"속여요?"

―첫 라이센스 평가 때 D급, 교육 수료 후 C급, 그리고 지금
은 A급. 그 성장성은 도저히 믿어지지 않아서 저는 현오준 팀
장이 절 속였다고 생각했습니다만. 사실은 당신이 정부를 속
였다는 걸 조금 전에야 알게 되었습니다.

"별로 그럴 의도는 없었는데요."

―그거야 뭐, 아무래도 좋습니다. 전 당신을 갖고 싶습니다.

사랑 고백같이 들릴 정도로, 권우언의 목소리는 열렬했다.

―지금의 연봉, 그 두 배를 약속해 드리겠습니다. 더불어 임
무마다 공헌도 평가도 높게 쳐드릴 것 또한 약속드릴 수 있습

니다. 이 모든 걸 문서로 남길 수도 있습니다. 지금 이 통화를 녹음하셔도 상관없고요. 어떻습니까, 최재철 씨.

"죄송합니다, 권우언 팀장님."

최재철은 딱 잘라 말했다. 권우언을 찼다. 그러나 권우언은 쉽게 포기하지 않았다.

─거두절미하고 말씀드리지요.

그럼 지금까지 이야기한 건 서두 부분이 아니었단 말인가. 그런 말을 던질 새는 없었다. 권우언의 말은 빨랐다.

─곧 저희 라인이 TA의 한국 지사를 장악할 겁니다. 그렇게 된다면 현오준 팀장은 살아남지 못할 겁니다. 내쳐지겠지요.

"협박하시는 겁니까?"

─그렇습니다. 참고로 이 내용도 녹음하셔도 상관없습니다.

완전무결한 자신감. 권우언의 목소리에선 그것이 묻어나고 있었다. 녹음한 통화 파일을 언론에 흘려봤자, 인터넷에 흘려봤자 전부 틀어막을 수 있다는 자신감이.

'이 남자는 진가규와 같은 속성의 인간이다.'

최재철은 그것이 참을 수 없이 싫었다.

"죄송합니다, 권우언 팀장님."

─당신도 내쳐질 겁니다.

권우언은 그것이 안타깝다는 듯 말했다.

—당신은 뛰어난 인간입니다. 하지만 회사는 당신의 유능함을 무시하고 내칠 겁니다. 아무리 회사 전체에 이득이 되는 인재라도 우리 라인에는 해가 되므로 내치게 될 겁니다. 저희 아버지는 그렇게 하실 겁니다.

권우언의 아버지, 권지력 이사는 이미 한국 지사를 장악하고 본사에까지 파이프를 연결했다. TA 본사에 있어서도 한국 지사는 상하 관계가 아니라 협력 관계에 가깝다. 권우언의 말은 현실로 이뤄질 공산이 높았다.

—아무리 뛰어난 인간이라도 다섯의 인간을 한꺼번에 상대하지는 못합니다. 그리고 그 다섯의 인간을 움직이는 것이 권력입니다. 그렇기에 권력이란 강한 것입니다. 지고의 힘이지요. 권력이라는 것의 속성이 그렇습니다.

최재철도 권력에 대해서는 알고 있다. 그것과 맞서본 적도 있고, 그것에 휘둘려 본 적도 있다. 그 속성이란 놀라울 정도로 폭력적이어서, 급류를 탄 물살처럼 통제할 수 없다.

—최재철 씨, 권력에 따르십시오. 그럼 자연히 권력을 얻게됩니다.

"그럴 수 없습니다."

권우언의 필사적인 설득에도 불구하고, 최재철은 여전히 고개를 저었다.

—그렇습니까.

권우언은 체념한 듯 말했다.

—그렇다면 당신은 내 적입니다.

전화는 끊겼다. 실로 극단적인 인간이었다. 적이라니. 그럼 지금 권우언의 자택으로 쳐들어가 권우언과 그 아버지인 권지력의 목을 날려도 된단 말인가. 적이라는 단어는 쉽게 쓰는 게 아니다. 전쟁을 겪어본 인간이라면 잘 알고 있을 터였다.

최재철은 픽 웃었다. 그렇다고 지금 당장 권우언과 권지력의 목을 치러 나설 생각은 아니었다. 그보단 흥미로군 가설이 하나 떠올랐다.

권우언은 최재철에게 자신과의 통화 내용을 녹음해도 된다고 말했다. 그 자신감은 어디서 나오는 것일까? 만약 최재철이 이 통화 내용을 경쟁사인 WF에 전달하면 어쩌려고? 현오준과 최재철이 WF로 이적하면 어쩌려고 이러는 것일까?

답은 간단했다. 아무 일도 일어나지 않는다. 지금까지 늘어놓은 모든 시도는 실패한다. 그런 1차적으로 생각할 수 있는 상황에 대해서 권우언은 대처할 수 있다. 적어도 그렇게 생각하기에 권우언은 자신감을 드러낸 것이다.

어떻게 그럴 수 있을까? 여기서 그 흥미로운 가설이라는 걸 꺼낼 수 있게 된다.

권지력과 권우언의 라인이 WF와 내통하고 있다.

WF가 장악한 언론을 TA가 또 장악할 수는 없다. TA가 내

보내지 말라는 기사를 WF가 내보내라고 말한다면 적어도 몇몇 언론은 WF의 말을 따라 기사를 내보낼 테니까.

최소한도의 공조조차 취하지 않는다면 정보 통제는 불가능하다. 그리고 권우언은 그것이 가능하다고 말했다.

단순한 허세일지도 모르지만, 그 가능성은 낮았다. 허세를 부려서 얻는 이득에 비해 위험이 너무 크다. 권우언이 친 허세는 그 위험이란 게 별로 없어야 칠 수 있는 허세였다.

"뭐, 내 생각보다 권우언이 더 멍청한 인간일 가능성도 있지."

최재철은 막 피어오르르던 권우언에 대한 적개심을 일단 접어두고 일단은 더욱 신중해지기로 마음먹었다. 가설은 가설일 뿐이다. 완전히 증명되기 전까지는 진실이 아니다.

*   *   *

유곽희는 진가충의 처이다.

하지만 그녀는 남편을 사랑하지 않는다. 오히려 증오한다. 그럴 만한 이유가 있다.

사실 그녀는 본래 진현우의 약혼녀였다.

어차피 정략결혼이었다. 진현우에게 크게 연애 감정이 있다거나 하지는 않았다. 자신의 혼담을 멋대로 정해 버린 집안에 크게 악감정이 있지는 않았다.

그녀는 진현우와 같은 고등학교를 다녔다. 당시에도 그녀는 꽤나 미녀라는 소리를 듣고 있었고, 진현우는 그녀의 그런 주변의 평가를 마음에 들어 했다. 진현우는 그녀를 액세서리 개념으로 취급하며 대외적으로 약혼자인 걸 공표하고 다녔다.

진현우가 사실을 말하고 다니는 거야 별문제는 아니었다. 그저 좀 재미가 없었다. 정해진 인생의 철로를 그대로 따라가는 것이. 사춘기를 보내던 당시의 유곽희에게는 딱히 마음에 드는 일은 아니었다.

그래서 장난을 좀 쳤다.

처음에는 진현우를 무시하는 것으로 시작했다. 진현우는 그런 유곽희의 태도를 꽤나 마음에 안 들어 했지만, 뭘 어떻게 할 수는 없었다. 진현우도 아직 고등학생이었던 때였고, 단순히 뭘 어떻게 해야 되는지 몰랐던 것일 수도 있었다.

그런 진현우의 반응이 재미있었던 유곽희는 한 발 더 나아갔다.

다른 남학생에게 고백을 했다. 누군지 이름은 잘 기억나지 않지만, 그냥 그럭저럭 잘 생기고 성적도 나쁘지 않고 운동도 좀 하던 무난한 남학생이었다. 무엇보다 진현우의 파벌에 속하지 않았다는 게 중요했다. 진현우를 도발하기에 가장 좋은 대상이란 뜻이었으니까.

지금도 마찬가지지만, 당시의 유곽희는 자신이 미녀라는 걸 자각하고 있었다. 그렇기에 대담하고 자신만만하게 굴었던 거였지만 그 남학생이 한 대답은 의외였다.

"싫어."

짧지만 강렬한 대답이었다. 그녀는 자신이 차였다는 것을 몇 분 후에나 자각할 수 있었다.

그가 그럭저럭 잘 생겼다는 건 거짓말이다. 그는 굉장한 미남이었다.

성적도 나쁘지 않았다는 것도 거짓말이다. 그는 상당히 공부를 잘했다.

운동도 좀 했다는 것도 거짓말이다. 그는 체육대회 때마다 가장 눈에 띄는 학생이었다.

이름이 기억나지 않는다는 것도 거짓말이다. 그의 이름은 김인규였다.

그녀에게 있어선 지금도 잊어버릴 수가 없는 이름이었다. 아니, 아마도 평생토록 잊어버리지 못할 이름이었다.

왜냐하면 그가 그녀의 첫사랑이었으니까.

차인 후에 자각했다. 얼굴이 좀 잘생겼다거나, 성적이 나쁘지 않다거나, 운동 좀 한다거나 하는 건 전부 나중에 붙인 이유였다.

그녀는 그냥 그에게 반했다. 처음 본 순간부터. 이유 같은 건 필요하지가 않았다.

그리고 그는, 김인규는 진현우의 열등감을 자극시키는 존재 중 하나였다. 김인규는 진현우보다 모든 면에서 우월했다. 적어도 진현우는 그렇게 생각했다. 아이러니하게도 진현우도 김인규에게 전혀 다른 방향으로, 말하자면 첫 눈에 반(反)했다.

진현우에게 있어서 김인규에게 내밀 수 있는 우위라곤 집안, 혈통 정도였다. 그리고 그런 우위는 내밀어봤자 불명예밖에 안 된다는 것을 당시의 진현우는 알고 있었다.

이런 상황에서 김인규에게 진현우의 약혼자인 유곽희가 고백을 했다가 차였다.

이건 교내에서 굉장한 이슈가 되었다. 당시에 고등학생이었던 진현우가 도저히 감내하기 힘든 자극이었다.

그렇게 모든 불행의 씨앗이 뿌려졌다.

가혹하고 음습한데다 끈질기기까지 한 일방적인 집단 괴롭힘이 1년 동안이나 이어졌다.

처음에는 꼴좋다고 생각했다. 자신을 찬 남자가 고통에 시달리는 모습을 보는 건 그녀에게 있어선 통쾌한 일일 수 있었다. 적어도 그녀 본인은 그렇게 생각했다.

그러나 사실은 별로 그렇지도 않았다. 1년 동안 쌓이는 건 정체를 알 수 없는 울분과 진현우에 대한 적개심이었다.

"그만 좀 하면 안 돼?"

1년 만에 유곽희가 진현우에게 말을 걸었다. 더 이상 참을 수 없어서 한 마디 한 거였다. 진현우는 유곽희의 말에 대답하지 않았다. 단지 피식 웃었을 뿐이었다.

바로 그 날 김인규의 오른팔이 부러졌다.

일이 커졌다.

김인규의 부모님이 학교에 오셨다. 집단 괴롭힘의 주동자인 박기범, 김전훈, 오원추가 교무실에 끌려갔다. 박기범은 사흘 정학을 받았고, 학교 측은 재발 방지를 약속했다. 그러나 그 날 오후, 김인규의 갈비뼈가 부러졌다. 박기범은 소년 법원에 섰다.

일은 폭풍처럼 커져만 갔다. 유씨 가문과 진씨 가문이 이 일을 알게 되었다.

특히 진씨 가문은 이 일을 대단히 불쾌하게 여겼다. 진현우가 모든 걸 다 털어놓았던 모양이었다. 일의 전말을 알게 된 진씨 가문은 즉각 약혼을 백지화시켰다.

유곽희는 속이 다 시원하다고 생각했지만, 아직 모든 게 다 끝난 게 아니었다.

김인규의 어머니께서 돌아가셨다.

김인규가 목을 매었다.

죽었다.

그가.

그녀가 사랑한 첫사랑의 남자가.

"나 때문에."

그 일이 그녀의 인생에 처음으로 인 큰 파도였다.

*   *   *

그녀는 죽은 사람처럼 지냈다. 학교에도 가지 않았다.

모든 게 자신 탓이다. 사랑하는 사람을 죽음으로 몰아넣었고 그의 가족들을 불행에 빠뜨렸다. 차라리 죽는 게 낫다고 몇 번이고 생각했다.

그때, 진씨 가문에서 연락이 왔다. 진가충이었다. 전화를 받은 그녀에게 진가충이 한 첫 마디가 이거였다.

"김인규의 아버지도 죽일 생각이야."

대체 이 남자가 무슨 생각을 하는지 알 수가 없었다. 이미 정략결혼은 깨져 두 가문은 아무 사이도 아니었다. 유곽희가 생각하기엔 그랬다.

그런데 이 남자는 아들의 옛 약혼녀에게 전화를 해서 첫 마디로 '여보세요'도 아니고 곧장 누군가를 '죽이겠다'는 말을 꺼냈다.

"그, 러, 지. 마세, 요."

목소리는 심하게 떨렸고, 마음먹은 대로 잘 나오지도 않았다. 며칠 만에 입을 여는 건지도 잘 기억나지 않았다. 그딴 건 문제가 아니었다. 그녀는 필사적으로 말했다. 부탁했다.

"우리 집으로 와."

진가충은 명령했다. 유곽희는 따를 수밖에 없었다.

그날, 유곽희에게는 진가충과 결혼할 수밖에 없는 일이 일어났다.

며칠 후, 김인규의 아버지가 죽었다.

유곽희는 진가충과 결혼해야 했다.

모든 게 다 엉망진창이었다. 결혼한 후 며칠간은 기억에 없었다. 아니, 몇 주 정도였나. 그때의 일은 잘 기억이 나질 않았다.

미안하다, 미안하다, 미안하다, 미안하다…….

사과하는 아버지의 목소리만이 기억에 묘하게 선명히 남아 있었다. 어떤 종류의 협박이 그녀의 아버지에게도 가해졌으리라고, 추측만 할 수 있었다. 그 협박이 뭔지는 지금도 모른다. 묻지 않았으므로.

진현우는 새 어머니가 된 유곽희를 제대로 쳐다보지도 못했다. 그가 자신에게 갖고 있는 감정은 적개심일까, 아니면 죄책감일까. 그런 건 알 필요도 없었다. 궁금하지도 않았다.

이 모든 불행의 씨앗은 자신이 낳은 것이다. 그러니 이 모든 불행을 받아들이고 살아야 한다. 유곽희는 몇 년 동안이나 그렇게 생각하고 살았다.

그러나 아니었다. 불행의 원인은 따로 있다. 그녀는 최근에야 그렇게 생각하게 되었다.

유곽희는 눈을 떴다.

"복수를."

눈을 뜨자마자, 마른 목소리가 튀어나왔다.

김인규는 죽었다.

그의 부모도, 형제도 다 죽었다. 그의 복수를 해줄 사람은 이제 남지 않았다.

남은 건 오로지 유곽희, 자신뿐이었다.

그러니 그녀가 해야 했다.

"복수를!"

누군가는 반드시 해야 하는 복수를. 그녀 자신을 위해서가 아니라, 그녀 때문에 죽고 만 아무 잘못 없는 남자를 위해서.

사랑했던 남자를 위해서.

그 어떤 수단, 방법도 가리지 않고, 그녀는 성취해 낼 생각이었다.

"복수를!!"

*　　　　*　　　　*

권우언과의 통화를 마친 최재철은 반지 운반자의 팔찌를 꺼내 들었다. 최재철에서 김인수로 돌아오는 것이 꽤 오랜만인 것처럼 느껴졌다. 최근에는 최재철로 지내는 시간이 더 길어졌다.

몇 분 후, 김인수는 지금 에스파다 도 오르덴의 철 가면을 쓴 채 서울 외곽에 나와 있었다.

오늘은 딱히 WF의 차원 균열을 닫기 위해 가면을 쓴 게 아니었다. 그는 중지에 낀 반지, 사자문의 열쇠를 이용해 그의 차원 금고를 열었다.

그가 용산에서 사로잡은 WF 소속의 A급 어벤저, 추경준이 차원 금고에서 튀어나왔다. 아니, 사실 지금의 추경준은 WF 소속인 것도 아니었다. 그는 사망자로 취급되었으니까.

지금까지 차원 금고 속에서 얼어붙어 있던 추경준은 그동안 시간이 흐르지 않은 것처럼 느낄 것이다. 영문을 모른 채 주변을 두리번거리던 그는 곧 철 가면을 쓴 남자, 에스파다 도 오르덴을 발견하고 절망적인 표정을 지었다.

"계속하지, 추경준."

김인수는 에스파다 도 오르덴 특유의 과장된 어조로 추경준의 이름을 불렀다.

"자네에 대한 설득을."

*　　　　*　　　　*

"가장 먼저, 오늘은 월요일일세."

"뭐라고?"

김인수의 말에 추경준은 놀라 눈을 희번덕거리며 떴다.

"뭐, 이미 예상은 했으리라고 생각하지만 자네는 나의 차원 금고에 얼어붙어 있었네. 자네에게는 불과 몇 분 전처럼 느껴 지겠지만, 그동안 벌써 사흘이라는 시간이 흘렀지."

추경준은 김인수의 말을 별로 믿는 눈치는 아니었다.

그렇다고 김인수는 굳이 지금 날짜와 시각에 대한 증명 같 은 걸 할 마음 같은 건 들지 않았다. 그런 건 얼마든지 조작 이 가능하다. 증명한다는 행위의 함정에 빠져서는 안 된다.

그보다는 필요한 말을 한다. 김인수는 그렇게 판단을 내렸 다.

"요 사흘간 자네에게 일어난 일에 대해 간략하게 설명해 주 지. 가장 먼저, 자네는 죽었네."

"……!"

추경준은 놀라 김인수를 바라보았다. 이제야 좀 충격 요법 이 듣는 것 같았다.

"서류상으로는 말일세. 자네가 소속되어 있던 WF에서 자네 를 사망한 것으로 처리시켰거든."

김인수는 안타까운 듯 말했다.

"자네의 시체를 딱히 남겨둔 건 아니네만, 아무래도 실종으로 처리하는 것에는 부담이 된 모양이야. 자네의 가족들이 자네를 찾아다닐 테니 말일세. 그러다 쓸데없는 걸 들쑤시기라도 하면 귀찮아지니 아예 사망으로 처리하는 게 낫다고 결론을 내린 것 같군."

"……"

추경준은 김인수의 말에도 크게 놀란 것 같지는 않았다. 그야 그가 수행하던 임무가 임무다. 차원 균열을 열고 다니는 임무라니, 사람들에게 알려지면 이보다 더 큰일도 없으리라.

"그리고 자네의 죽음은 근무지 무단이탈 중 사고사 당한 걸로 되어 있네."

"근무지 무단이탈?"

"그래야 산재 대상에서 제외시킬 수 있거든."

"하……"

이 정도로도 놀라지는 않는군. 김인수는 생각했다. 추경준도 WF가 이럴 거라고 예상이라도 한 것 같았다. 하지만 이야기는 아직 끝나지 않았다. 김인수는 계속해서 말했다.

"그리고 자네의 가족들은 빚더미에 올랐어."

"그게 무슨 소리야?"

"자네가 실제로 하던 업무와는 상관없이 서류상 자네의 업무는 차원 균열을 지키는 것으로 분류되어 있는데, 이걸 거부하고 근무지 무단이탈을 하던 도중에 사고사 했으니 자네에게도 차원 균열이 닫힌 사건에 대한 책임이 있다는 거지."

그리고 차원 균열의 가격은 황당무계할 정도다. 그 책임 중 일부라 할지라도 평범한 인간이 벌 수 있는 금액은 아니다. 그 액수에 대해 추경준은 이미 상상하고 있을 것이다. 그런 추경준에게 김인수는 사실을 밝혔다.

"자네는 죽었으니, WF는 자네의 가족에게 그 책임 의무를 전가했어. 그 배상액은 3백억 원에 달하네."

"그게 무슨 개 같은⋯⋯!"

드디어 추경준의 입에서 욕설이 나왔다.

"믿어지지 않을 걸세. 사실 나도 처음 보곤 자네가 의심할 거라 생각했거든. 그런데 모두 사실일세."

"가족에게 전화를 해야겠어."

"오, 그거 좋지. 하지만 자네가 정말로 전화를 하면 어떤 일이 일어날지도 설명을 들은 뒤에나 하게나."

"⋯⋯!"

주머니에서 어벤저 전용 단말기를 꺼내려던 추경준의 동작이 멈췄다.

"⋯설명 같은 건 필요 없어."

한참이나 입을 다물고 있던 추경준은 괴로운 듯 고개를 흔들었다.

"모두 알고 있으니까. 나는 이렇게 될 줄 알고 있었어."

그가 전화를 해서 그의 생존을 알린다면 그의 가족은 모두 죽는다.

그것이 WF의 방식이니까.

추경준도 잘 알고 있었다.

"그런데도 WF에게 그렇게 충성을 바치는 이유가 뭔가?"

"그저 그래야 하기 때문에."

추경준의 대답은 예상대로였다. 놀라울 정도로 곧은 남자. 상대가 어떻게 나오든 자신의 도리를 지킨다. 자신이 소속된 집단에 충성하고 명령에 따른다. 그것이 그릇된 명령이라도. 그렇기에 그는 차원 균열을 연다는 악행에 가담했다.

이보다 더 뒤틀린 절개가 있을까.

그렇기에 김인수는 생각했다. 이 남자를 손에 넣으면 자신이 이 뒤틀림을 바로 세울 수 있을 거라고. 21세기에 도달해서는 이미 잊힌 가치를 아직도 지켜가는 이 남자의 곧음을 바로 세울 수 있을 것이라고 말이다.

"상대가 도리를 지키지 않는다고, 내가 먼저 도리를 어길 수는 없으니까."

이어진 추경준의 말에, 김인수는 희망을 보았다.

"먼저? 그것 참 신경 쓰이는 단어로군. 그럼 WF가 먼저 도리를 어겼으니, 자네에게도 도리를 어길 기회가 주어진 것 아닌가?"

"……."

추경준은 대답하지 않았다.

"추경준, 자네는 죄인일세. 자네에게 도리를 지킨다는 말을 할 자격은 없네."

추경준은 김인수의 시선을 피했다.

"그 말은 이미 들었소."

그랬다. 이 말은 김인수가 지난번, 추경준을 막 사로잡은 직후에 그를 설득하기 위해 한 말이었다. 그러나 그때하고 지금은 상황이 달랐다.

"자네가 이제까지 열어본 차원 균열이 몇 개지? 거기서 새어 나온 어보미네이션에 의해 살해당한 사람이 몇일까? 자네가 연 차원 균열에서 흘러나온 헬필드로 인해 재산 피해를 본 사람에 대해 떠올려 본 적이 있나?"

"그만!"

추경준은 괴로운 듯 고개를 휘저어대었다. 하지만 김인수는 입을 멈추지 않았다.

"그런 악행을 저지른 자네가 도리에 대해 말한다니 실소를 금할 수 없군. 자네의 그 알량한 충성을 다하는 게 도리를 지킨다고는 할 수 없지. 도리를 다한다는 건 말일세, 자신의 죄에 대한 대가를 치르는 걸 말하네."

"지금 와서… 지금 와서 내게 뭘 어쩌란 말이오!"

추경준의 외침에도 김인수의 목소리는 전혀 흔들리지 않았다.

"그 질문을 이제 와서야 하는군. 지난번에는 하지 않았지."

"내가 당신 밑에 들어가서 일하는 걸로 내 잘못이 지워지기라도 한단 말이오? 아니면 나 때문에 고통 받는 가족들의 고통이 덜어지기라도 한단 말이오?"

김인수는 실소했다.

"자네 본인은 팔다리가 잘려 나가도 별일 아닌 듯 굴더니, 고작 가족들의 빚으로 자네가 고통스러워한다니 흥미롭군."

"고작이라니!"

현대 사회에서 빚이란 결코 녹록치 않은 함정이다. 그건 김인수도 잘 알고 있었다. 잘 알고 있음에도 불구하고 그는 계속 말했다.

"자네가 가족들을 위해 할 수 있는 건 없네. 추경준, 자넨 죽었어."

"……!"

"WF가 자넬 죽였지. 행정적으로 사망 처리가 된 추경준이라는 인간은 더 이상 돈을 벌 수 없네. 그러니 빚 또한 갚을 수 없지. 원래 자네의 빚이 될 터인 그 손해 배상액은 이제 자네의 가족들이 물어야 할 빚이 되었네."

김인수는 굳이 빚이라는 단어를 강조하지는 않았다. 그건 입 밖에 내는 것만으로도 자동적으로 강조가 되는 단어다.

"당신은 뭡니까, 당신은 절 고문하려고 하는 겁니까?"

"내게 높임말을 쓰는군. 그렇다고 내가 자네를 구원할 수 있는 신이 되는 건 아니야."

김인수의 말에 추경준의 낯빛에 절망이 드리워졌다. 그 절망은 곧 분노로 치환되었다.

"이 모든 게 당신 때문이오!"

"아니, 자네는 언젠가 죽었을 걸세. 그리고 자네의 사인이 뭐가 되던 이 결과가 도달했을 걸세. 자네가 더 잘 알고 있을 텐데? 자네가 섬기던 주인이 어떤 속성을 지녔는지."

추경준이 충성을 바친 대상은 사람이 아니다. 회사라는 이름의 시스템이다.

그리고 회사는 최대한 이익을 추구한다. 일개 사원의 충성도 따위는 수치로 환산되지 않는다. 그 시스템을 조종하는 주인이 그걸 환산해 준다면 또 모를까.

추경준은 마지막으로 자신과 통화한 상관의 목소리를 기억한다. 이름을 안다. 그리고 그가 어떻게 움직였을지도 안다. 그가 진가규에게 어떤 충성을 바쳤든, 유연학에게 어떤 대우를 받았든 상관없다. 에스파다 도 오르덴에게 패한 추경준의 처우는 결국 진가충이 결정했다.

결국 그의 충성심은 돈으로 환산되지 않았다.

"궤변이야!"

"그리고 현실일세."

김인수는 추경준의 외침을 굳이 부정하지 않았다. 그러나 더 짙은 검음으로 덮었다.

"항상 법칙대로 세상이 움직이는 건 아니야. 회사라는 자산을 자식에게 넘겨주는 건 사실은 이상한 일이지. 그럼에도 불구하고 자네는 WFF의 주인이 진가충이 될 걸 이미 알고 있었을 걸세. 그리고 그의 인성에 대해서도 대충이나마 파악하고 있었을 테지."

WF와 WFF는 주식회사다. 회장이라는 개인이 사유재산으로서 소유할 수 있는 것이 아니다. 그러니 자식에게 상속할 수도 없다.

사실은 그렇지만 상식은 다르다. 결국 몇 개의 대기업이 혈통에 의해 대물림되어 내려오고 있는 게 한국 사회의 상식이다.

그리고 WFF의 주인은 실제로 진가충이 되었다. 유연학은 그저 몇 년간 이 회사를 맡아왔을 뿐이었다. 지금은 진가충은 입원한 것으로 되어 있고, 유연학이 대리직을 수행하고는 있지만 그렇다고 회사의 주인이 바뀌지는 않는다.

이윽고 WF의 주인 또한 바뀌겠지. 진가규의 혈연들이 물려받게 될 것이다. 추경준이 WF를 위해 어떤 역할을 수행했는지 문서로는 파악하고 있지만, 고마움은 그리 못 느끼는 이들이.

한신이 어떻게 죽어나갔는지 아는가. 정도전이 어떻게 죽어나갔는지 아는가.

추경준은 알고 있었다. 토사구팽이란 고사에 대해서도 너무나도 잘 알고 있었다.

"언젠가는 이렇게 됐을 걸세. 내 말이 틀린가?"

추경준은 더 이상 부정하지 못했다.

언젠가는 일어났을 일이었다. 설령 그가 살아 있었더라 하더라도. 그는 너무 많이 알고 있었다. 작전 중에 죽든, 늙어서 더 이상 어벤저 역할을 수행하게 못하게 되었든, 쓸모가 없어진 시점에서 그는 숙청당했을 것이다.

"당신은 뭡니까. 날 회유하려던 게 아닙니까? 내게 이런 고통을 줘서 무엇을 얻습니까?"

"현실이 고통이라니 안타깝군. 내가 자네 앞에 늘어놓은 건 그저 현실일 뿐일세. 자네도 부정할 수 없는, 실제로 일어난 일들에 대해 늘어놓기만 했네."

"그만하시오!"

추경준은 주먹으로 땅을 내려쳤다. 쿠둥퉁. 지면이 흔들렸다. 그러나 김인수의 몸은 조금도 흔들리지 않았다. 그리고 그의 목소리도 전혀 움츠러들지 않았다.

"사흘 동안에 일어난 일에 대한 간략한 설명이 끝났네. 질문이 있다면 듣겠네. 대답해 줄 수도 있지. 내가 대답할 수 있는 질문에 한해서라면 말일세."

"…당신은 대체 뭡니까."

장고 끝에 나온 질문이란 그것이었다. 자신과 자신의 주변에 일어난 일이 아닌, 강철 가면을 쓴 괴한에 대한 질문. 어쩌면 추경준에게는 그것이 가장 궁금했던 것일 수도 있었다. 처음 만났을 때부터 지금까지.

그러나 질문을 하는 건 이번이 처음이었다.

"내 이름은 에스파다 도 오르덴. 강철 가면을 쓴 남자지. 차원의 질서를 지키기 위해 암약하는 비밀 결사의 일원일세."

그러므로 김인수가 대답하는 것도 이번이 처음이었다.

새빨간 거짓말은 아니었다. 김인수의 제1 목적은 물론 진씨 일가에 대한 복수이지만 차원 질서를 지키기 위해서 움직이지 못할 건 아니었다. 그리고 비밀 결사에 인원이 하나만 있을 수도 있지 않은가?

"차원의 질서?"

"그래."

"그게 뭐요?"

"본래 지구는 지구 자체로 완성된 행성이자 차원이지. 우주선 같은 걸로 지구 차원 밖으로 나가는 인간도 있지만, 차원에 큰 영향을 주는 건 아닐세. 하지만 이 차원의 질서가 크게 흔들리는 일이 요 몇 년 새 지구에 일어났네."

거기까지 말한 김인수는 한 번 픽 웃었다.

"아니, 8년 전이라고 하는 편이 자네가 이해하기는 더 쉽겠군."

"···차원, 균열······."

"맞았어!"

김인수는 에스파다 도 오르덴으로서 과장스럽게 박수를 쳤다.

"차원의 힘은 본래 일정량으로 정해져 있네. 질량 보존의 법칙은 알고 있겠지? 똑같아. 차원 안에서 뭘 어떻게 지지고 볶아도 차원의 힘의 총량은 변함이 없지."

"······."

추경준은 두려움에 물든 시선을 더 이상 김인수에게 던지지 못했다. 이어질 말을 이미 예상하고 있는 것이리라. 하지만 김인수는 그렇다고 말을 멈추지는 않았다.

"하지만 차원 균열은 다르네. 외부 차원의 힘이 이 지구라는 행성에 쏟아져 내릴 때, 어떤 일이 일어나는지 자네는 알고 있나?"

질문을 던졌다. 생각하기를 종용했다.

"…모르오."

추경준은 이미 '생각했다'. 하지만 대답하지는 않았다.

그렇다면 추경준이 생각한 내용을 언어화해서 뱉어주는 것이 김인수의 역할이었다.

"요즘 화산 폭발이 잦아졌다고 생각하지 않나? 백두산의 분화는 많은 이를 충격에 빠뜨렸지. 한라산은 어떤가?"

"……!"

추경준의 시선이 흔들렸다. 그럼에도 김인수는 공격의 고삐를 늦추지 않았다.

"지진은 어떤가? 한국은 본래 지진이 나지 않기로 유명했던 거 기억나나? 기억나지 않겠지. 그게 몇 년 전 일이라고. 그건 옛말이지. 아주 옛날이야기야."

"…그만."

"대구에 스콜이 내린 것에 대해서는 어떻게 생각하나? 하! 비 안 오기로 유명한 대구에서 스콜이라니!! 내륙 한 가운데에서 말일세!!"

"그만하시오!"

김인수는 순간 말을 멈췄다. 그리고 한층 부드러워진 목소리로 말했다.

"난 자네의 질문에 대답했을 뿐일세. 자네를 고문하려는 의도 따위는 없었네."

"그게 다 저 때문이라는 겁니까?"

"그렇다네."

김인수는 대답했다.

"정확히는 자네가 가담했지."

차원 균열의 생성에.

"아직까지도 도리 같은 소릴 할 생각이 드나? 차원 질서를 지키는 내 입장에서 말하자면 자네는 바로 쳐 죽여도 이상하지 않을 악당일세!"

"그렇다면 절 죽이십시오! 이제까지 죽이지 않은 이유가 뭡니까!!"

"이런 말을 들은 자네를 지금 죽이면 자네는 납득하겠지. 난 죽을죄를 졌으니 죽어 마땅하다, 그런 생각으로 죽는 건 자네에게는 좋은 일이겠지."

김인수는 엄숙하게 말했다.

"그럴 순 없지."

"……!"

추경준의 얼굴이 일그러졌다. 그러나 그 표정은 곧 평온하게 변했다. 각오를 굳힌 표정이었다.

"제게 원하시는 게 뭡니까?"

"갚게."

"무엇을?"

"자네가 지구라는 차원에 진 빚을."

김인수의 손에서 또 다른 강철 가면이 나왔다. 그건 마술과도 같은 장면이었지만 추경준은 별로 놀라지도 않았다. 지금와서 이 정도로 놀라겠는가.

추경준은 가면을 받아들었다.

"자네를 설득할 수 있게 되어 기쁘네."

김인수는 말했다.

"추경준은 죽었으니 이제 자넬 칭할 새로운 이름이 필요하겠군. 이걸 쓸 땐 자네 자신을 아포스톨 도 오르덴이라 자칭하게."

"질서의 사도입니까?"

"그렇다네."

추경준은 빤히 강철의 가면을 내려보다가, 그걸 썼다. 썩 잘어울려 보였다.

"이제 이걸 쓰고 당신처럼 차원 균열을 닫으면 되는 겁니까?"

"자네에겐 무리일세."

추경준의 표정이 다시 일그러졌다. 자존심이라도 상한 걸까? 김인수는 재미있는 듯 웃었다.

"빅 마우스를 혼자 처치할 수 있겠나?"

추경준의 입에서 대답이 나오지 않았다. 못 한다는 뜻이었다.

물론 그는 빅 마우스를 처치한 적은 있을 것이다. 그렇지 않았다면 빅 마우스라는 존재가 얼마나 강한지 몰랐을 테니까. 어쩌면 허세를 부렸을지도 모른다. 혼자 처치할 수 있다고.

하지만 빅 마우스와 맞상대를 해보고, 혼자서는 무리라는 결론을 내렸다. 최소한 한 명의 동료가 필요하다, 그렇게 생각했을 것이다.

"그럼 제가 어떻게 하면 되겠습니까?"

"기다리게."

김인수는 추경준에게 반지 하나를 내어주었다.

"자네에게는 은신처가 필요하겠지. 자네는 죽은 사람이니 말일세. 이 반지를 사용하면 작은 방 하나만큼의 공간이 자네에게 주어질 걸세."

흠, 하고 잠깐 생각하던 김인수는 이윽고 씨익 웃으며 말했다.

"그 안에서 빅 마우스를 혼자 처치할 수 있을 정도로 강해져 나오면 더 바랄 게 없겠군."

*   *   *

이미 추경준은 자신의 가족을 구할 방법에 대해 생각했으리라.

300억이라는 부채를 해결하는 방법은 사실상 하나뿐이었다. 그건 파산 신고다. 하지만 WF가 추경준의 가족들이 그 방법을 선택하는 걸 그냥 내버려 둘 리 없음을 그도 너무나도 잘 알고 있다.

그렇다면 추경준이 택할 방법도 한정된다.

WF를 친다.

WF의 세력을 약화시켜서 더 이상 행정기관이나 사법기관, 그리고 언론에 압력을 행사하지 못하도록 하면 추경준의 가족들도 무거운 빚에 시달리지 않고 파산을 선택할 수 있으리라.

잘 하면 추경준의 부활을 선택할 수도 있을 것이고.

추경준이 죽은 건 어디까지나 서류상이다. 그의 고기와 피로 이루어진 육신은 살아 있다. 생존을 증명하기에 그보다 더 강한 증거가 있을까. WF의 압력에서만 벗어난다면 언제든지 부활할 수 있으리라.

그 정도는 추경준도 다 생각했을 것이다.

'생각은 그렇지만 행동이 어떨지는 또 다르지.'

인간이란 건 알다가도 모를 동물이라, 추경준은 마지막의 마지막에 WF의 편으로 굴러 들어갈 수 있었다. 물론 자신의 가족들을 위해 움직일 가능성이 더 높긴 하지만, 어떤 변수든 항상 생각해 둘 필요가 있었다.

하기야 어떻게 굴러도 상관이야 없었다. 추경준은 아직 김인수의 계약 마수다. 그에게 얽어맨 계약의 사슬은 결코 녹록치 않다.

'후.'

짧게 웃은 그는 다시 서울로 돌아가기 위해 달리기 시작했다.

역시 차 같은 걸 살 필요는 없어 보였다.

『귀환해서 복수한다』 4권에 계속…

초대형 24시 만화방

신간 100%, 샤워실, 흡연실, 수면실(침대석), 커플석, 세탁기 완비

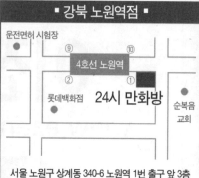

강북 노원역점

서울 노원구 상계동 340-6 노원역 1번 출구 앞 3층
02) 951-8324 (화용빌딩 3층)

일산 정발산역점

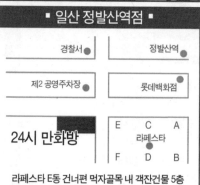

라페스타 E동 건너편 먹자골목 내 객잔건물 5층
031) 914-1957

일산 화정역점

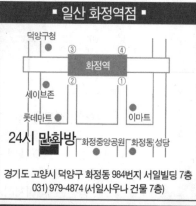

경기도 고양시 덕양구 화정동 984번지 서일빌딩 7층
031) 979-4874 (서일사우나 건물 7층)

부천 역곡역점

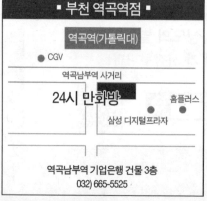

역곡남부역 기업은행 건물 3층
032) 665-5525

부평역점

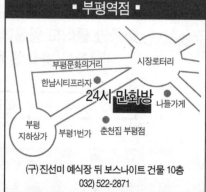

(구) 진선미 예식장 뒤 보스나이트 건물 10층
032) 522-2871

검은 천사

임영기 장편소설

FUSION FANTASTIC STORY

90년대 말, 무너지는 체제 속
살길을 찾아 북한 땅을 탈출하는 주민들.

국경지대에는 고통이 가득했다.

굶주림과 차별, 그리고 위협……

그 속에서 탈북 주민 조은애는 브로커에게 목이 졸려 죽고

그녀의 염원은 기적을 불렀다.

운명의 부름을 받은 한국의 청년 최정필.
두만강을 오가며 탈북자들의 검은 천사가 되다!

Book Publishing CHUNGEORAM

유행이 아닌 자유추구 -
WWW.chungeoram.com

이계진입 리로디드

임경배 퓨전 판타지 소설

FUSION FANTASTIC STORY

『권왕전생』임경배의 2015년 신작!

『이계진입 리로디드』

왕의 심장이 불타 사라질 때,
현세의 운명을 초월한 존재가 이 땅에 강림하리라!

폭군으로부터 이세계를 구원한 지구인 소년 성시한.
부와 명예, 아름다운 연인…
해피엔딩으로 이야기는 끝인 줄 알았건만
그 대가는 지구로의 무참한 추방이었다.
그리고 10년 후…….

"내가 돌아왔다! 이 개자식들아!"

한 번 세상을 구한 영웅의 이계 '재' 진입 이야기!

Book Publishing CHUNGEORAM

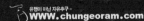

유행이 아닌 자유추구 -
WWW.chungeoram.com

철순 장편소설
FUSION FANTASTIC STORY

괴물 포식자

지구 곳곳에 나타난 차원의 균열.
그것은 인류에게 종말을 고하는 신호탄이었다.

『괴물 포식자』

괴물을 먹어치우며 성장한 지구 최강의 사내, 신혁돈.
그는 자신의 힘을 두려워한 인류에 의해
인류의 배신자라는 낙인이 찍히고 죽게 되는데…

[잠식이 100%에 달했습니다.]
[히든 피스! 잠들어 있던 피닉스의 심장이 깨어납니다.]

불사의 괴물, 피닉스의 심장은
신혁돈을 15년 전으로 회귀하게 한다.

먹어라! 그리고 강해져라!
괴물 포식자 신혁돈의 전설이 시작된다!

Book Publishing CHUNGEORAM

유행이 아닌 자유추구 -
WWW. chungeoram.com

강준현 장편소설
FUSION FANTASTIC STORY

인생을 바꿔라

『복수의 길』, 『개척자』 강준현 작가의
2016년 신작!

자신이 무엇인지 알지 못하는 정신체, 염.
세상을 떠돌며 사람의 몸속으로 들어가
에너지를 얻고 나오길 반복하던 어느 날.

사고로 인한 하반신 마비, 애인의 이별 선언,
삶에 지쳐 자살하려는 김철의 몸에 들어가게 되는데……

"뭐, 뭐야! 아직도 못 벗어났단 말이야?"

새로운 삶을 살리라,
정처 없이 떠돌던 그의 인생 개척이 시작된다!

"어떤 삶인지 궁금하다고? 그럼 한번 따라와 봐."

Book Publishing CHUNGEORAM

유행이 아닌 자유추구 -
WWW. chungeoram.com